新编学生国学丛书

世说新语

崔朝庆 叶圣陶 选注
刘艺 校订

中国文史出版社

图书在版编目（CIP）数据

世说新语/崔朝庆，叶圣陶选注；刘艺校订．——北京：中国文史出版社，2019.10

（新编学生国学丛书/缪天绶等主编）

ISBN 978-7-5205-1504-7

Ⅰ.①世…　Ⅱ.①崔…　②叶…　③刘…　Ⅲ.①笔记小说－中国－南朝时代　②《世说新语》－注释　Ⅳ.①I242.1

中国版本图书馆CIP数据核字(2019)第240996号

责任编辑：金　硕

出版发行：**中国文史出版社**
社　　址：北京市海淀区西八里庄路69号院　　邮　　编：100142
电　　话：010-81136606　81136602　81136603　81136605（发行部）
传　　真：010-81136655
印　　厂：北京温林源印刷有限公司
经　　销：全国新华书店
开　　本：880mm×1230mm　1/32
印　　张：5.5
字　　数：110千字
版　　次：2020年2月北京第1版
印　　次：2022年1月第2次印刷
定　　价：23.80元

总　序

冯天瑜

作为汉字古典词，“国学”本谓周朝设于王城及诸侯国都的贵族学校，以与地方性、基层性的“乡校”“私学”相对应。隋唐以降实行科举制，朝廷设“国子监”，又称“国子学”，简称“国学”，有朝廷主持的国家学术之意。

时至近代，随着西学东渐的展开，与来自西洋的“西学”相比配，在汉字文化圈又有特指本国固有学术文化的“国学”一名出现。如江户幕府时期（1601—1867）的日本人，自18世纪起，把流行的学问归为三类：汉学（从中国传入）、兰学（从欧美传入，19世纪扩称洋学）、国学（从《古事记》《日本书纪》发展而来的日本固有学术）。19世纪末、20世纪初，中国留日学生与入日政治流亡者，以及活动于上海等地的学人，采借日本已经沿用百余年的“国学”一名，用指中国固有的学术文化。1902年梁启超（1873—1929）撰文，以“国学”与“外学”对应，强调二者的互动共济，梁氏曰：“今日欲使外学之真精神普及于祖国，则当转输之任者，必邃于国学，然后能收其效。”（《论中国学术思想变迁之大势》）1905年国粹派在上海创办《国粹学报》，公示“发明国学，保存国粹”宗旨。这里的“国学”意为“国粹之学”。该刊发表章太炎（1869—1936）、刘师培（1884—1920）、陈去病（1874—1933）等人的经学、史学、诸子学、文字训诂方面文章，以资激励汉人的民族精神与文化自信。从此，中国人开始在“中国固有学术文化”意义上使用“国学”一词，为“国故之学”的简称。所谓“国故”，指中国传统的学术文化之故实，此前清人多有用例，如魏源（1794—1857）认为，学者不应迷恋词章，学问要从“讨朝章、讨国故始”（《圣武记》卷一一），这“讨国故”的学问，也就是后来所谓之国学。

经清末民初诸学者（章太炎、梁启超、罗振玉、王国维、刘师培、黄侃、陈寅恪等）阐发和研究，国学所涉领域大定为：小学、经学、史学、诸子、文学，约与现代人文学的文、史、哲相当而又加以综汇，突现了中国固有学术整体性特征，可与现代学校的分科教学相得益彰、彼此促进，故自 20 世纪初叶以来，“国学”在中国于起伏跌宕间运行百年，多以偏师出现，而时下又恰逢勃兴之际。

中国学术素有“文、史、哲不分家”的传统，中国学术的优势与缺陷皆与此传统相关。百年来的中国学校教育仿效近代西方学术体制，高度分科化，利弊互见。其利是促进分科之学的发展，其弊是强为分割知识。为克服破碎大道之弊，有人主张打通文、史、哲壁垒，于是便有综汇中国人文学的“国学”之创设，并编纂教材，进于学校教育、家庭教育、社会教育，其先导性教材结集，为 20 世纪 20 年代至 30 年代原商务印书馆由王云五策划并担任主编的《万有文库》之子系《学生国学文库》。所收均为四部重要著作。略举大凡：经部如诗、礼、春秋，史部如史、汉、五代，子部如庄、孟、荀、韩，并皆刊入；文辞则上溯汉、魏，下迄近代，诗歌则陶、谢、李、杜，均有单本，词则多采五代、两宋。丛书凡 60 册，已然囊括了“国学”之精粹。其鲜明之特色是选注者掺入了对原著的体味，经史诸书选辑各篇，以表见其书、其作家之思想精神、文学技术、历史脉络者为准。其无关宏旨者，概从删削、剔抉。选注者中不乏叶圣陶、茅盾、邹韬奋、傅东华这样的学界翘楚。他们对传统国学了然于胸，于选注自然是举重若轻，驾轻就熟。这样一份业经选注者消化、反刍的国学精神食粮自然更便于国学入门者吸收。

这样一套曾在20世纪初在传播传统文化、普及国学知识方面起到重要的作用的丛书即便今天来看也是历久弥新。中国文史出版社因应时势，邀约深谙国学之行家里手于原辑适当删减、合并、校勘，以 30 册 300 余万言，易名《新编学生国学丛书》呈献当今学子。诸书均分段落，作标点，繁难字加注音，以便省览。诸书原均有注释，古籍异释纷如，原已采其较长者，现做适当取舍、增删。诸书较为繁难、多音多义之字，均注现代汉语拼音，以便讽颂。诸书卷首，均有选注者序，述作者生平、本书概要、参考书举要等，凡所以示读者研究门径者，不厌其详，现一仍其旧。

这样一套入门的国学读物，读者苟能熟读而较之，冥默而求之，国学之精要自然神会。

是为序。

校订说明

丛书原名《学生国学文库》，为 20 世纪二三十年代商务印书馆王云五主编《万有文库》之子系，现易名《新编学生国学丛书》，奉献给广大国学爱好者。

原丛书共 60 种，考虑到难易程度、四部平衡、篇幅等因素，在广泛征求专家意见基础上，现删减为 34 种 30 册。

基本保留了原书的篇章结构。因应时势有极少量的删节。

原文部分，均选用通用、权威版本全文校核，参以校订者已见做了必要的校核和改订。为阅读的通顺、便利，未一一标注版本出处。

注释根据原文的结构分别采用段后注、文后注，以便读者省览。原注作了适当增删，基本上保持原文字风格，之乎者也等虚词适当剔除，增删力求通畅、易懂，避免枝蔓。典实、注引做了力所能及的查证，但因才学的有限疏漏可能在所难免。

原书为繁体竖排，现转简体横排。简化按通行规则，但考虑到作为国学读物，普及小学知识亦在情理之中，故而保留了少量通假字、繁体字、异体字，一般都出注说明。或许亦可增加读者的阅读兴趣和扩大知识面。

生僻、多音字作相应注音，原反切、同音、魏妥玛注音，均统一改现代汉语拼音。

国学读物校订，工作浩繁，往往顾此失彼，多有不当处，还望读者指正。

绪 言

宋临川王刘义庆所撰之《世说新语》，为清《四库全书》子部小说家类第二部。小说家言之流别，凡有三派：其一叙述杂事；其一记录异闻；其一缀辑琐语。临川此书，记录自汉末迄东晋之杂事，兼述诸名流之音辞，虽属于子部，而近于杂史，观此可以见当时朝野上下之风尚，而竹林兰亭诸公之言论丰采，跃然纸上，如闻其声，如观其人，诚小说之杰作也。梁刘孝标为之注释，补其阙而剔其讹，亦为艺林所珍重，唐史臣所著《晋书》纪传或不及是书之精美焉。临川生于晋末，贤士大夫之流风余韵，犹未尽泯灭，故撰为此书，具有晋人简约玄澹之旨趣。今所传者有二本：一为王世贞所刊，删削原文旧注，已失匡庐真面；一为袁䌹翻雕，陆游重刻之本，较为完善，书中句或钩棘语近方言，千数百年来，未能有人厘正，美犹有憾，此可视若史之阙文者也。兹为便利初学计，选注为一小册，虽云管中窥豹，仅见一斑，然亦足以知晋世清谈之大概已。

编者识

1927 年 1 月

目录

德行第一

陈仲举[①]言为士则，行为世范。登车揽辔[②]，有澄清天下之志。为豫章太守[③]。至，便问徐孺子[④]所在，欲先看之。主簿白："群情欲府君先入廨[⑤]。"陈曰："武王式商容[⑥]之间，席不暇暖。吾之礼贤，有何不可？"

---

①陈仲举：陈蕃，字仲举，汉汝南人。官至太傅。兴大将军窦武谋诛宦官，反为所害。　②登车揽辔：登上公车，手持缰绳。指做官就任。　③豫章太守：豫章即今江西南昌。蕃为尚书时，以忠正忤贵戚，迁豫章太守。　④徐孺子：徐稺，字孺子，豫章人。超世绝俗，蕃在豫章为稺独设一榻，稺去则悬之，见礼如此。　⑤廨：官署。　⑥商容：殷之贤人，纣所贬退，武王式其闾巷。式，同"轼"，车上之横木。男子立乘，有所敬则俯而凭式，遂以式示敬意。

郭林宗[①]至汝南[②]造[③]袁奉高[④]，车不停轨。鸾[⑤]不辍轭[⑥]。诣黄叔度[⑦]，乃弥日信宿，人问其故，林宗曰："叔度汪汪[⑧]如万顷之陂（bēi），澄之不清，扰之不浊。其器深广，难测量也。"

①郭林宗：郭泰，字林宗，汉太原人。东汉名士。《汝南先贤传》误为“袁宏”。　②汝南：即今河南汝南。　③造：造访。　④袁奉高：袁阆，字奉高，慎阳（今河南正阳）人。⑤鸾：鸾鸟，雌曰和，雄曰鸾。　⑥轭：车辕前的横木。此指车乘上的铃，系在车轭上。　⑦黄叔度：黄宪，字叔度，汝南人。时论者咸云：“颜子复生。”　⑧汪汪：深广貌。

李元礼[1]风格秀整，高自标持，欲以天下名教是非为己任。后进之士，有升其堂者，皆以为登龙门[2]。

①李元礼：李膺，字元礼，汉颍川（今属河南）人。人有文武隽才。　②龙门：在山西省河津县，悬崖湍急，形如门阙，乃禹治河凿通。龟鱼之属莫能上，上则化为龙，故名曰龙门。比喻身价大增。

陈太丘[1]诣荀朗陵[2]，贫俭无仆役。乃使元方[3]将（jiāng）车，季方[4]持杖后从。长文[5]尚小，载着车中。既至，荀使叔慈[6]应门，慈明[7]行酒，余六龙[8]下食。文若[9]亦小，坐着膝前。于时太史[10]奏真人[11]东行。

①陈太丘：陈寔，字仲弓，汉颍川（今在河南）人，曾任闻喜令、太丘长。　②荀朗陵：荀淑，字季和，颍川人。为朗陵侯相。　③元方：寔长子纪，字元方。　④季方：寔少子谌，字季方。　⑤长文：纪之子群，字长文，寔尝谓宗人曰：

“此儿必兴吾宗。” ⑥叔慈：淑第三子靖，字叔慈。⑦慈明：淑第六子爽，字慈明，举至孝，累官至司空。 ⑧六龙：淑有八子，俭、绲、靖、焘、汪、爽、肃、敷，时人称为八龙。 ⑨文若：淑孙彧，字文若。为汉侍中，守尚书令。⑩太史：官名，掌天文者。 ⑪真人：庄子称关尹老聃为古之博大真人。真者，精诚之至也。

荀巨伯①远看友人疾，值胡贼攻郡。友人语巨伯曰：“吾今死矣！子可去。”巨伯曰：“远来相视，子令吾去。败义以求生，岂荀巨伯所行邪（yé）？”贼既至，谓巨伯曰：“大军至，一郡尽空。汝何男子，而敢独止②？”巨伯曰：“友人有疾，不忍委③之，宁以我身代友人命。”贼相谓曰：“我辈无义之人，而入有义之国。”遂班军而还，一郡并获全④。

---

①荀巨伯：汉桓帝时人，亦出颍川。 ②止：停留。③委：抛弃。 ④全：保全。

管宁①、华歆②共园中锄菜，见地有片金。管挥锄与瓦石不异，华捉而掷去之。又尝同席读书，有乘轩冕过门者，宁读如故，歆废③书出看。宁割席分坐，曰：“子非吾友也。”

---

①管宁：字幼安，魏北海（今山东青州）人。齐相管仲之

后。　②华歆（xīn）：字子鱼，平原（今山东禹城）人。③废：放下。

王祥[①]事后母朱夫人甚谨。家有一李树，结子殊好。母恒使守之，时风雨忽至，祥抱树而泣。祥尝在别床眠，母自往暗斫之[②]。值祥私起[③]，空斫得被。既还，知母憾之不已，因跪前请死。母于是感悟，爱之如己子。

---

①王祥：字休徵，晋琅邪（今属山东）人。官至太保。②斫（zhuó）用斧砍。之：代词，指王祥。　③私起：因小便而起床。

梁王、赵王[①]，国之近属[②]，贵重当时。裴令公[③]岁请二国租钱数百万，以恤中表[④]之贫者。或讥之曰："何以乞物行惠？"裴曰："损有余，补不足，天之道也。"

---

①梁王、赵王：晋宣帝张夫人，生梁孝王肜，字子徽，位至太宰。桓夫人生赵王伦，字子彝，位至相国。　②属：昭穆相次序。　③裴令公：裴楷，字叔则，河东闻喜（今属山西）人。司空秀之从弟，精易义，累迁河南尹，中书令。　④中表：犹言内外。父之姐妹之子为外兄弟，母之兄弟姐妹之子为内兄弟，故有中表之称。

王戎[①]父浑[②]，有令名，官至凉州[③]刺史。浑薨，所历九郡义故，怀其德惠，相率致赙[④]数百万，戎悉不受。

---

①王戎：字濬冲，晋琅邪（今属山东）人。太保祥之宗族，累迁荆州刺史，以平吴功，封安丰侯。　②浑：王浑，字长原，幽州刺史王雄之子。太原亦有一王浑，乃王济之父。③凉州：今甘肃武威县。　④赙（fù）：资助他人办丧事的钱财。

王平子[①]、胡毋彦国[②]诸人，皆以任放为达，或有裸体者。乐广[③]笑曰："名教[④]中自有乐地，何为乃尔也？"

---

①王平子：王澄，字平子，有远识。任荆州刺史。　②胡毋彦国：胡毋辅之，字彦国，泰山奉高（今山东泰安）人。任湘州刺史。　③乐广：字彦辅，南阳（在今河南）人。官至尚书令。　④名教：名谓名分，教谓教化，凡彝伦之所关，圣贤之所训，皆为名教。

顾荣[①]在洛阳[②]，尝应人请。觉[③]行炙[④]人有欲炙[⑤]之色，因辍己施焉，同坐嗤（chī）之。荣曰："岂有终日执之而不知其味者乎？"后遭乱渡江，每经危急，常有一人左右己。问其所以，乃受炙人也。

---

①顾荣：字彦先，晋吴郡（今属江苏）人。其先越王勾践之支庶，封于顾邑，子孙遂氏焉，世为吴著姓。　②洛阳：地当洛水之北，周平王东迁居此。　③觉（jué）：发觉。　④行炙：传递膳馐者。　⑤炙：烤肉。

庾公[①]乘马有的卢[②]，或语令卖去。庾云："卖之必有买者，即复害其生，宁可不安己而移于他人哉？昔孙叔敖[③]杀两头蛇以为后人，古之美谈。效之，不亦达乎？"

①庾公：庾亮，字元规，晋颍川（今属河南）人，明帝皇后长兄。累迁征西大将军、荆州刺史。　②的（dì）卢：马名。《伯乐相马经》："马白额入口至齿者，名曰榆雁，一名的卢，奴乘客死，主乘弃市，凶马也。"　③孙叔敖：楚之令尹。儿时见两头蛇，杀而埋之。归见其母泣，问其故，对曰："夫见两头蛇者必死，今出见之，故尔。"母曰："蛇今安在？"对曰："恐后人见，杀而埋之矣。"母曰："夫有阴德，必有阳报，尔无忧也。"

阮光禄[①]在剡[②]，曾有好车，借者无不皆给。有人葬母，意欲借而不敢言。阮后闻之，叹曰："吾有车而使人不敢借，何以车为。"遂焚之。

①阮光禄：阮裕，字思旷，晋陈留（今属河南）人。累迁侍中，以疾去官。后征金紫光禄大夫，不就。　②剡（shàn）：会（kuài）稽山名。

谢奕[①]作剡[②]令，有一老翁犯法，谢以醇酒罚之。乃至过醉，而犹未已[③]。太傅[④]时年七八岁，着青布裤，在兄膝边坐，谏曰："阿兄，老翁可念，何可作此。"奕于是改容曰："阿奴[5]欲放去邪？"遂遣之。

---

①谢奕：字无奕，晋陈郡阳夏（今河南太康）人。谢安之兄，谢玄之父。官至豫州刺史。　②剡：即今浙江嵊县。　③犹未已：指谢奕仍不罢休。　④太傅：谢安，字安石，为桓温司马，累迁至太保，录尚书事，赠太傅。　⑤阿奴：谢安小字。

谢太傅绝重褚公[1]。常称"褚季野虽不言，而四时之气亦备。"

---

①褚公：褚裒（póu），字季野，晋阳翟（今河南禹县）人。累迁江、兖二州刺史，赠侍中、太傅。

范宣[1]年八岁，后园挑菜，误伤指，大啼。人问："痛邪？"答曰："非为痛。身体发肤，不敢毁伤，是以啼耳。"宣洁行廉约，韩豫章[2]遗绢百匹，不受。减五十匹，复不受。如是减半，遂至一匹，既终不受。韩后与范同载，就车中裂二丈与范，云："人宁可使妇无裈[3]邪？"范笑而受之。

---

①范宣：字宣子，晋陈留（今属河南）人。　②韩豫章：韩伯，字康伯，颍川（今属河南）人。官豫章太守。　③裈（kūn）：裤子。

桓南郡[1]既破殷荆州[2]，收殷将佐十许人，咨议罗企生[3]

亦在焉。桓素待企生厚，将有所戮，先遣人语云：“若谢我，当释罪。”企生答曰：“为殷荆州吏，今荆州奔亡，存亡未判，我何颜谢桓公。”既出市，桓又遣人问欲何言？答曰：“昔晋文王④杀嵇康⑤，而嵇绍为晋忠臣⑥。从公乞一弟⑦以养老母。”桓亦如言宥之。桓先曾以一羔裘与企生母胡，胡时在豫章，企生问⑧至，即日焚裘。

---

①桓南郡：桓玄，字敬道，晋谯国龙亢（今属安徽怀远）人。大司马桓温之少子，嗣父为南郡公。　②殷荆州：殷仲堪，陈郡（今属河南）人。官荆州刺史。　③咨议：官名。罗企生，字宗伯，豫章（今江西南昌）人。　④晋文王：司马昭，字子上，嗣兄师握魏政权，封晋王，谥曰文王。　⑤嵇康：字叔夜，谯郡（今安徽亳县）人。拜中散大夫。　⑥嵇绍为晋忠臣：嵇绍，字延祖，嵇康之子，累迁散骑常侍。直言敢谏，八王之乱时，随惠帝与司马颖战，被乱箭射死。　⑦弟：罗企生有弟，如遵生。　⑧问：消息。

言语第二

边文礼[1]见袁奉高，失次序。奉高曰："昔尧聘许由[2]，面无怍（zuò）色。先生何为颠倒衣裳？"文礼答曰："明府[3]初临，尧德未彰，是以贱民颠倒衣裳耳。"

---

①边文礼：边让，字文礼，汉陈留（今属河南）人。②许由：字武仲，阳城槐里人。上古高士。　③明府：太守、牧、令，古皆称府君，或称明府君，简称明府。

徐孺子年九岁[1]，尝月下戏。人语之曰："若令月中无物[2]，当极明邪！"徐曰："不然，譬如人眼中有瞳子，无此必不明。"

---

①徐孺子：徐稚。　②物：传说月亮中有兔和三条腿的蟾蜍。

孔文举[1]年十岁，随父[2]到洛。时李元礼有盛名，为司隶校尉。诣门者皆俊才清称，及中表亲戚乃通。文举至门，谓吏曰："我是李府君亲。"既通，前坐。元礼问曰："君与仆有何亲？"对曰："昔先君仲尼与君先人伯阳[3]有师资之尊，是仆与君奕世[4]为通好也。”元礼及宾客莫不奇之。太中大夫陈韪（wěi）后至，人以其语语（yù）之。韪曰：“小时了了，大未必佳。”文举曰：“想君小时，必当了了。”韪大踧踖[5]。

①孔文举：孔融，字文举，汉鲁国（今山东曲阜）人。孔子二十四世孙。　②父：融之父名宙，官泰山都尉。　③伯阳：李耳，字伯阳，谥曰聃，周守藏室之史。孔子曾问礼于老子。　④奕世：累世也。　⑤踧踖（cù jí）：不安之貌。

南郡[1]庞士元[2]闻司马德操[3]在颍川[4]，故二千里候之。至，遇德操采桑。士元从车中谓曰：“吾闻丈夫处世，当带金佩紫。焉有屈洪流之量，而执丝妇之事？”德操曰：“子且下车，子适知邪径之速，不虑失道之迷。昔伯成[5]耦（ǒu）耕，不慕诸侯之荣；原宪[6]桑枢，不易有官之宅。何有坐则华屋，行则肥马，侍女数十，然后为奇。此乃许、父[7]所以慷慨，夷、齐[8]所以长叹。虽有窃秦[9]之爵，千驷之富，不足贵也。”士元曰：“仆生出边垂[10]，寡见大义。若不一叩洪钟[11]、伐雷鼓[12]，则不识其音响也。”

①南郡：即今湖北之襄阳。　②庞士元：蜀庞统，字士元，庞德公之从子，先主以为治中从事，与诸葛亮并为军师。③司马德操：汉司马徽，字德操，有知人之鉴，庞德公称为“水镜”。　④颍川：即今河南之许昌。　⑤伯成：伯成子高，

唐尧时诸侯。禹为天子，伯成辞诸侯而耕于野。　⑥原宪：字子思，宋人，孔子弟子。　⑦许、父：上古高士许由、巢父也。　⑧夷、齐：殷孤竹君之子伯夷、叔齐也。　⑨窃秦：秦吕不韦以诈获爵，故曰窃。　⑩垂：远边。　⑪洪钟：大钟。　⑫雷鼓：乐器，古人祀天神用之，或云六面，或云八面。

刘公干①以失敬②罹（lí）罪，文帝③问曰："卿何以不谨于文宪④？"桢答曰："臣诚庸短，亦由陛下纲目不疏。"

---

①刘公干：刘桢，字公干，魏东平（今属山东）人。②失敬：桢随侍太子，酒酣坐欢，乃使夫人甄氏出拜，坐上客多伏，桢独平视。因失敬罪而配输作部，罚他磨石。　③文帝：曹丕，字子桓，曹操之长子。篡汉称帝，谥曰文。　④文宪：道之显者曰文，悬法示人曰宪。即法纪。

钟毓、钟会①少有令誉，年十三，魏文帝闻之，语其父钟繇②曰："可令二子来。"于是敕见，毓面有汗。帝曰："卿面何以汗？"毓对曰："战战惶惶，汗出如浆。"复问会："卿何以不汗？"对曰："战战栗栗，汗不敢出。"

---

①钟毓、钟会：毓字稚叔，仕至车骑将军。会字士季，官至司徒。　②繇：字元常，颍川（今属河南）人。历大理相国，迁太傅。

司马景王①东征②。取上党③李喜④，以为从事中郎。因问喜曰："昔先公辟君不就，今孤召君，何以来？"喜对曰："先公以礼见待，故得以礼进退；明公以法见绳，喜畏法而至耳。"

---

①司马景王：魏司马师，字子元，司马懿之长子。以抚军大将军辅政，自为相国。谥曰景王。　②东征：征讨毌（guàn）丘俭。　③上党：郡名，其疆域甚广。此指今山西之沁县。　④李喜：字季和。累迁光禄大夫，特进赠太保。

邓艾[1]口吃，语称艾艾[2]，晋文王戏之曰："卿云艾艾，定是几艾？"对曰："'凤兮凤兮'[3]，故是一凤。"

---

①邓艾：字士载，魏棘阳（今河南新野）人。累迁征西将军。平蜀，进位太尉。　②语称艾艾：邓艾口吃，自称时连说"艾……艾……"。　③凤兮凤兮：见《论语·微子》篇。

嵇中散既被诛，向子期[1]举郡计[2]入洛，文王引进，问曰："闻君有箕山[3]之志，何以在此？"对曰："巢、许狷介[4]之士，不足多慕。"王大咨嗟[5]。

---

①向子期：向秀，字子期，晋河内（今河南武陟）人。官至散骑常侍。　②举郡计：郡国上计簿时，举其才也。　③箕山：在河南登封东南，尧时，巢父、许由隐于此山。　④狷介：拘谨自守有所不为曰狷，坚确不拔曰介。　⑤咨嗟：赞赏。

诸葛靓[1]在吴，于朝堂大会。孙皓[2]问："卿字仲思，为何所思？"对曰："在家思孝，事君思忠，朋友思信，如斯而已。"

①诸葛靓（jìng）：晋琅邪人。司空诸葛诞之少子。
②孙皓：三国时吴之末主，孙权之孙，国亡降晋，封归命侯。

诸名士共至洛水[1]戏，还，乐令[2]问王夷甫[3]曰："今日戏，乐乎？"王曰："裴仆射[4]善谈名理[5]，混混[6]有雅致；张茂先[7]论《史》《汉》[8]，靡靡[9]可听。我与王安丰[10]说延陵[11]、子房[12]，亦超超玄箸[13]。"

①洛水：源出陕西洛南县西北冢岭山，东流入河南。
②乐令：即乐广。　③王夷甫：王衍，字夷甫，晋琅邪人，司徒王戎之从弟，仕至太尉。　④裴仆射（yè）：裴頠（wěi），字逸民，闻喜（今属山西）人。司空裴秀之少子，历侍中、尚书左仆射。　⑤名理：犹今之论理学。　⑥混混：源泉涌出之貌。意指言谈滔滔不绝。　⑦张茂先：张华，字茂先，方城（今河北固安西南）人。封广武侯。　⑧《史》《汉》：《史记》《汉书》。　⑨靡靡：相随顺之意。　⑩王安丰：即王戎。　⑪延陵：今江苏常州，春秋时吴季札封于此，故称季札为延陵。　⑫子房：汉张良，字子房，封留侯。　⑬超超玄箸：言论深妙也。箸、著古通。

中朝[1]有小儿，父病，行乞药。主人问病，曰："患疟也。"主人曰："尊侯明德君子，何以病疟？"答曰："来病[2]君子，所以为疟[3]耳。"

①中朝：晋南渡后称西晋为中朝。 ②病：使……病。③疟：谐音"虐"、"谑"，意指恶作剧。

崔正熊[1]诣都郡[2]。都郡将（jiàng）姓陈，问正熊："君去崔杼（zhù）[3]几世？"答曰："民去崔杼，如明府之去陈恒[4]。"

①崔正熊：崔豹，字正熊，晋燕（yān）国（今河北一带）人。惠帝时，官至太傅丞。 ②都郡：都，聚；郡，群。指人群聚集之地。 ③崔杼：齐大夫，弑齐庄公。 ④陈恒：齐大夫，弑齐简公。

庾公造周伯仁[1]，伯仁曰："君何所欣说（yuè）而忽肥？"庾曰："君复何所忧惨而忽瘦？"伯仁曰："吾无所忧。直是清虚日来，滓秽日去耳。"

①周伯仁：周顗，字伯仁，晋汝南（今属河南）人。扬州刺史周浚之长子，累迁尚书仆射。

卫洗马[1]初欲渡江，形神惨悴[2]。语左右云："见此芒芒[3]，不觉百端交集。苟未免有情，亦复谁能遣[4]此！”

---

①卫洗（xiǎn）马：卫玠，字叔宝，晋安邑（今山西夏县）人。官太子洗马。 ②悴：忧也。 ③芒芒：广大貌。 ④遣：排遣。

温峤[1]初为刘琨[2]使，来过江。于时江左[3]营建始尔[4]，纲纪[5]未举。温新至，深有诸虑。既诣王丞相[6]，陈主上幽越[7]、社稷焚灭、山陵[8]夷毁之酷，有《黍离》[9]之痛。温忠慨深烈，言与泗[10]俱；丞相亦与之对泣。叙情既毕，便深自陈结，丞相亦厚相酬纳。既出，欢然言曰：“江左自有管夷吾[11]，此复何忧！”

---

①温峤：字太真，晋太原（今属山西）人。累迁骠骑大将军。 ②刘琨：字越石，中山（今属河北）人。累迁司徒长史、尚书右丞，封广武侯。 ③江左：即今江苏江宁。 ④尔：语助词。 ⑤纲纪：治丝者张之为纲，理之为纪。此指法纪。 ⑥王丞相：王导，字茂弘，王祥异母弟王览之孙，官至太傅。 ⑦幽越：幽，囚也。越，坠也。 ⑧山陵：天子冢也。 ⑨《黍离》：《诗经》篇名。周大夫行役，至于宗周，过故宗庙宫室，尽为禾黍，悯周室之颠覆，彷徨不忍去。 ⑩泗：鼻液曰泗。 ⑪管夷吾：即管仲。齐大夫，相桓公，成霸业。

郗太尉[①]拜司空，语同坐曰："平生意不在多，值世故纷纭，遂至台鼎[②]。朱博[③]翰音[④]，实愧于怀。"

---

①郗太尉：郗鉴。字道微，晋高平（今属山东）人。②台（tāi）鼎：宰辅之称，旧称三公曰台鼎，言如星之有三台，鼎之有三足也。　③朱博：字子元，汉杜陵（在今陕西）人。为丞相，临拜，延登受策，有大声如钟鸣，扬雄、李寻以为空名得进之兆。　④翰音：翰，高飞也。飞音者，音飞而实不从之谓也。

挚瞻[①]曾作四郡太守、大将军户曹参军，复出作内史，年始二十九。尝别王敦[②]，敦谓瞻曰："卿年未三十，已为万石[③]，亦太蚤。"瞻曰："方于将军，少为太蚤。比之甘罗[④]，已为太老。"

---

①挚瞻：字景游，京兆（今属陕西）人。太常挚虞之兄子也。　②王敦：字处仲，丞相王导之从兄。官镇东大将军。③已为万石：言挚瞻居官之俸已万石。　④甘罗：秦相甘茂之孙，年十二，秦封为上卿。

谢仁祖[①]年八岁，谢豫章[②]将[③]送客。尔时语已神悟，自参[④]上流。诸人咸共叹之，曰："年少，一坐之颜回[⑤]！"仁祖曰："坐无尼父，焉别颜回？"

①谢仁祖：谢尚，字仁祖，陈郡阳夏（今河南太康）人。仕至镇西将军、豫州刺史。　②谢豫章：谢鲲，字幼舆，谢尚之父，为豫章太守，赠太常。　③将：率领。　④参：间厕也，自居于上等名流也。　⑤颜回：字子渊，鲁人。孔子弟子。　⑥尼父：指孔子。鲁哀公诔孔子，称为尼父。

孙齐由、齐庄[①]二人小时诣庾公。公问“齐由何字？”答曰：“字齐由。”公曰：“欲何齐邪？”曰：“齐许由。”“齐庄何字？”答曰：“字齐庄。”公曰：“欲何齐[②]？”曰：“齐庄周[③]。”公曰：“何不慕仲尼[④]而慕庄周？”对曰：“圣人生知，故难企慕。”庾公大喜小儿对。

①孙齐由：孙潜，字齐由，太原人。齐庄：孙放，字齐庄，孙潜之弟。　②齐：向……看齐。　③庄周：战国蒙（今河南商丘）人。楚庄王闻其贤，迎以为相，辞不就。　④仲尼：孔子之母祷于尼山生孔子，故字仲尼。

庾稺恭[①]为荆州[②]，以毛扇上武帝[③]。武帝疑是故物[④]。侍中刘劭[⑤]曰：“柏梁[⑥]云构，工匠先居其下；管弦繁奏[⑦]，钟[⑧]、夔[⑨]先听其音。稺恭上扇，以好不以新。”庾后闻之曰：“此人宜在帝左右。”

①庾稺恭：庾翼，字稺恭，太傅庾亮之弟。官至征南将军、荆州刺史。　②荆州：今湖北襄阳。　③武帝：司马炎，司

马懿之孙。　④故物：旧东西。　⑤刘邵：字彦祖，彭城（今江苏徐州）人。官至豫章太守。　⑥柏梁：台名，汉武帝所筑。台以柏为梁，故名柏梁台。　⑦奏：乐一更端曰奏。　⑧钟：钟子期，春秋时楚人。古之知音者。　⑨夔（kuí）：相传为舜时之国家乐官。

顾悦[①]与简文[②]同年，而发蚤白。简文曰："卿何以先白？"对曰："蒲柳之姿，望秋而落；松柏之质，经霜弥茂。"

①顾悦：字君叔，晋晋陵（今江苏常州）人。初为扬州别驾，后至尚书左丞。　②简文：简文帝，名昱，字道万，在位二年。

桓公[①]入峡[②]，绝壁天悬，腾波迅急。乃叹曰："既为忠臣，不得为孝子，如何？"

①桓公：桓温，字元子，晋谯国（今属安徽）人。汉五更桓荣之后，累迁琅邪内史，进征西大将军，谥宣武侯。　②峡：山峭。夹水曰峡，川、楚间大江中有三峡，舟行甚险。

羊秉[①]为抚军参军，少亡，有令誉。夏侯孝若[②]为之叙，极相赞悼。羊权[③]为黄门侍郎，侍简文坐。帝问曰："夏侯湛作《羊秉叙》，绝可想。是卿何物[④]？有后不（fǒu）？"权潸然[⑤]对曰："亡伯令问夙彰，而无有继嗣。虽名播天听，然胤[6]绝圣世。”帝嗟慨久之。

---

①羊秉：字长达，晋平阳（今山东新泰）人。汉南阳太守望羊续之曾孙。　②夏侯孝若：夏侯湛，字孝若，谯国（今安徽亳县）人。魏征西将军夏侯渊之曾孙，历中书侍郎。　③羊权：字道舆，徐州刺史羊悦之子，仕至尚书左丞。　④何物：什么人。阮籍评价王戎为俗物，温峤称桓温为英物，可见晋时常以“物”字作“人”字用。　⑤潸然：涕流貌。　⑥胤（yìn）：子孙相承续也。

刘真长[1]为丹阳[2]尹，许玄度[3]出都，就刘宿。床帷新丽，饮食丰甘。许曰：“若保全此处，殊胜东山[4]。”刘曰：“卿若知吉凶由人，吾安得不保此！”王逸少[5]在坐，曰：“令巢、许遇稷[6]、契[7]，当无此言。”二人并有愧色。

---

①刘真长：刘惔（tán），字真长，沛国（今安徽濉溪）人。历司徒、左长史侍中、丹阳尹。　②丹阳：今安徽当涂。③许玄度：许询，字玄度，高阳（今属河北）人。　④东山：在今浙江上虞南四十五里，晋谢安所居。　⑤王逸少：王羲之，字逸少，琅邪（今属山东）人。累迁江州刺史、右军将军、会稽内史。　⑥稷：姜嫄践巨人迹而生子，以为不祥。初欲弃之，因名弃。虞舜时弃为后稷，因称弃为后稷。　⑦契：虞舜时为司徒，商之祖也。

王右军与谢太傅共登冶城[1]，谢悠然远想，有高世之志。王谓谢曰："夏禹[2]勤王，手足胼胝[3]；文王[4]旰[5]食，日不暇给。今四郊多垒，宜人人自效。而虚谈废务，浮文妨要，恐非当今所宜。"谢答曰："秦任商鞅[6]，二世而亡，岂清言致患邪？"

---

①冶城：在今江苏南京市内，吴时鼓铸之所，朝天宫即其旧址。　②禹：初封夏伯，后受舜禅为王。　③胼胝：手足皆生茧。　④文王：殷之诸侯，周武王之父，谥曰文，追尊为王。　⑤旰（gàn）：天色晚。　⑥商鞅：秦孝公相，封于商。

谢太傅寒雪日内集，与儿女讲论文义，俄而雪骤[1]。公欣然曰："白雪纷纷何所似？"兄子胡儿[2]曰："撒[3]盐空中差可拟。"兄女曰："未若柳絮因风起。"公大笑乐。即公大兄无奕女，左将军王凝之[4]妻也。

---

①骤：迅捷也。　②胡儿：谢朗，字长度，小字胡儿。　③撒：散之也。　④王凝之：字叔平，右将军羲之之第二子。

荀中郎[1]在京口[2]，登北固[3]望海云："虽未睹三山[4]，便自使人有凌云意。若秦、汉之君[5]，必当褰（qiān）裳濡（rú）足。"

---

①荀中郎：荀羡，字令则，晋颍川（今河南许昌）人。光禄大夫荀崧之子，为驸马都尉，超授北中郎将、徐州刺史。

②京口：今江苏镇江，以京岘山得名。一说，谓京江之口也。
③北固：北固山，在江苏镇江城北，下临长江，其势险固。
④三山：蓬莱、方丈、瀛洲三山，世传在海中。尝有至者，言诸仙人不死药在焉。　⑤秦、汉之君：秦始皇与汉武帝。

晋武帝每饷[1]山涛[2]恒少，谢太傅以问子弟，车骑[3]答曰："当由欲者不多，而使与者忘少。"

---

①饷：赠人以物。　②山涛：字巨源，河内（今属河南）人。武帝受禅，涛领吏部十余年。　③车骑：谢玄，字幼度，谢安之侄，官至前将军，封康乐县公。

李弘度[1]常叹不被遇，殷扬州[2]知其家贫，问："君能屈志百里[3]不？"李答曰："《北门》[4]之叹，久已上闻。穷猿奔林，岂暇择木？"遂授剡（shàn）县。

---

①李弘度：李充，字弘度，江夏（今湖北云梦）人。官至大著作中书郎。　②殷扬州：殷浩，字渊源，长平（今河南西华）人。仕至扬州刺史、中军将军。　③百里：蜀庞统为耒阳令，鲁肃称庞士元非百里才。　④《北门》：《诗经》篇名，刺仕不得志也。

孝武[1]将讲《孝经》[2]，谢公兄弟[3]与诸人私庭讲习。车武子[4]难苦问谢，谓袁羊[5]曰："不问则德音有遗，多问则重劳二谢。"袁曰："必无此嫌。"车曰："何以知尔？"

袁曰："何尝见明镜疲于屡照，清流惮于惠风？"

---

①孝武：孝武帝，名曜，字昌明，简文帝之第三子。在位二十四年。　②《孝经》：孔子为曾子陈孝道而作，《十三经》之一经也。　③谢公兄弟：谢安与谢石也。　④车武子：车胤，字武子，南平（今湖北公安）人。累迁丹阳尹、护军将军、吏部尚书。　⑤袁羊：袁乔，字彦升，小字羊，陈郡（今河南淮阳）人。历尚书郎、江夏相，封湘西伯。

张天锡①为凉州②刺史，称制③西隅。既为苻坚④所禽⑤，用为侍中。后于寿阳⑥俱败，至都，为孝武所器。每入言论，无不竟日。颇有嫉己者，于坐问张："北方何物可贵？"张曰："桑椹⑦甘香，鸱鸮⑧革响。淳酪⑨养性，人无嫉心。"

---

①张天锡：字公纯嘏，晋安定（今属甘肃）人。尝自立为凉州牧，后归晋，拜散骑常侍、西平公，赠侍中。　②凉州：今甘肃省。凉者，地处西方，常寒凉也。　③制：天子之言曰制书，谓为制度之命也。　④苻（fú）坚：前秦之主，为五胡之最强盛者。　⑤禽：同"擒"。　⑥寿阳：原名寿春。东晋以郑后讳改为寿阳，即今安徽寿县。　⑦桑椹（shèn）：桑实也。　⑧鸱鸮（chī xiāo）：鸷鸟也。　⑨酪：北方以马乳为酪。

毛伯成①既负其才气，常称："宁为兰摧玉折，不作萧敷艾荣。”

---

①毛伯成：毛玄，字伯成，颍川（今河南许昌）人。仕至征西行军参军。

司马太傅[①]斋中夜坐，于时天月明净，都无纤翳。太傅叹以为佳。谢景重[②]在坐，答曰：“意谓乃不如微云点缀。”太傅因戏谢曰：“卿居心不净，乃复强欲滓秽太清[③]邪（yé）？”

---

①司马太傅：司马道子，简文帝之第五子，封会（kuài）稽王，领司徒，扬州刺史，进太傅，赠承相。　②谢景重：谢重，字景重，陈郡阳夏（今河南太康）人。官至骠骑长史。③太清：元气之清者。这里指天空。

桓玄义兴[①]还后，见司马太傅，太傅已醉，坐上多客。问人云：“桓温来欲作贼[②]，如何？”桓玄伏不得起。谢景重时为长史，举板[③]答曰：“故宣武公黜昏暗，登圣明，功超伊[④]、霍[⑤]，纷纭之议，裁之圣鉴。”太傅曰：“我知，我知。”即举酒云：“桓义兴，劝卿酒！”桓出，谢过。

---

①义兴：晋郡名。即今江苏宜兴，桓玄尝为义兴太守。②贼：从下制上谓之贼。　③板：通“版”，笏也。④伊：商伊尹，名挚，汤之贤相。汤之孙太甲无道，尹放之于桐宫，三年，太甲悔过，后归于亳。　⑤霍：汉霍光。以大司马、大将军辅政，废昌邑王，立宣帝，封博陆侯。

政事第三

陈元方年十一时，候袁公[1]，袁公问曰："贤家君在太丘[2]，远近称之。何所履行？"元方曰："老父在太丘。强者绥[3]之以德，弱者抚之以仁。恣其所安，久而益敬。"袁公曰："孤往者尝为邺[4]令，正行此事。不知卿家君法[5]孤，孤法卿父？"元方曰："周公、孔子，异世而出。周旋动静，万里如一。周公不师孔子，孔子亦不师周公。"

①袁公：原注云："检众《汉书》，袁氏诸公，未知谁为邺令。" ②太丘：汉县名，故城在今河南永城市西北。③绥：安抚。 ④邺：故址在今河南安阳市北部和湖北临漳县西南一带。 ⑤法：效法。

嵇康被诛后，山公[1]举康子绍为秘书丞。绍咨公出处，公曰："为君思之久矣。天地四时，犹有消息[2]。而况人乎？"

①山公：山涛领吏部，甄拔人物，各为题目，时称山公启事。 ②消息：消谓灭，息谓生。

王安期[①]作东海郡[②]，吏录一犯夜人来。王问："何处来？"云："从师家受书还，不觉日晚。"王曰："鞭挞宁越[③]以立威名，恐非致理之本！"使吏送令归家。

①王安期：王承，字安期，太原（今山西太原）人。累迁东海内史。　②东海郡：治今山东郯城、江苏涟水。　③宁（nìng）越：中牟（今河南鹤壁）人。学十五岁而为齐之上卿。

成帝[①]在石头[②]，任让[③]在帝前，戮侍中钟雅[④]、右卫将军刘超[⑤]。帝泣曰："还我侍中。"让不奉诏，遂斩超、雅。事平之后，陶公[⑥]与让有旧，欲宥之。许柳[⑦]儿思妣[⑧]者，至佳，诸公欲全之。若全思妣，则不得不为陶全让，于是欲并宥之，事奏。帝曰："让是杀我侍中者，不可宥。"诸公以少主不可违，并斩二人。

①成帝：名衍，字世根，明帝之太子，在位十七年，年二十二崩。　②石头：城名，成帝咸和三年，苏峻逼迁帝于石头。在今江苏江宁县西石头山后。　③任让：乐安（今山东博兴）人。随苏峻作乱。　④钟雅：字彦胄，颍川（今河南许昌）人。累迁至侍中。　⑤刘超：字世逾，琅邪（今属山东）人。封零阳伯，迁右卫大将军。　⑥陶公：陶侃，字士行，其先鄱阳（今在江西波阳东北）人。后徙浔阳（今江西九江）。进太尉，赠大司马，谥桓公。　⑦许柳：字季祖，高阳（今河北保

定东南）人。苏峻用为丹阳尹。　⑧思妣：许永，字思妣。

陆太尉[1]诣王丞相[2]咨事，过后辄翻异。王公怪其如此，后以问陆。陆曰："公长民短，临时不知所言，既后觉其不可耳。"

①陆太尉：陆玩，字士瑶，吴郡（今江苏苏州）人。累迁侍中、尚书令，赠太尉。　②王丞相：王导，字茂弘，琅邪（今属山东）人。晋之中兴，导功为多，官至太傅。

王[1]、刘[2]与林公[3]共看何骠骑[4]，骠骑看文书，不顾之。王谓何曰："我今故与林公来相看，望卿摆拨常务，应对玄言，那得方低头看此邪？"何曰："我不看此，卿等何以得存？"诸人以为佳。

①王：王濛，字仲祖，晋太原（今山西太原）人。辟司徒掾中书郎，赠光禄大夫。　②刘：即丹阳尹刘惔（tán）。③林公：支遁，字道林，陈留（今河南开封）人。本姓关氏，年二十五为僧。　④何骠骑：何充，字次道，卢江（今安徽霍山东北）人。累迁会稽内史、侍中、骠骑将军、扬州刺史，赠司徒。

桓公在荆州[1]，全欲以德被（pī）江、汉，耻以威刑肃物。令史受杖，正从朱衣上过。桓式[2]年少，从外来，云："向从阁下过，见令史受杖，上捎云根，下拂地足。"意讥不著（zhuó）。桓公云："我犹患其重。"

---

①荆州：即今湖北襄阳，桓温于晋穆帝永和元年迁荆州刺史。　②桓式：桓歆，字叔道，小字式，桓温第三子，仕至尚书。

简文为相，事动经年，然后得过。桓公甚患其迟，常加劝勉。太宗[①]曰："一日万机[②]，那得速！"

---

①太宗：晋简文帝庙号。　②万机：言当戒惧万事之微。

王大[①]为吏部郎，尝作选草，临当奏，王僧弥[②]来，聊出示之。僧弥得，便以己意改易所选者近半，王大甚以为佳。更写即奏。

---

①王大：王忱，字元达，小字佛大，太原（今山西太原）人。仕至荆州刺史。　②王僧弥：王珉，字季琰，小字僧弥，丞相王导之孙，累迁侍中、中书令，赠太常。

王东亭[①]与张冠军[②]善，王既作吴郡[③]，人问小令[④]曰："东亭作郡，风政何似？"答曰："不知治化何如，唯与张祖希情好日隆耳。"

---

①王东亭：王珣，字元琳，丞相王导之孙，封交趾望海县东亭侯，官至尚书令。　②张冠军：张玄，字祖希。历吏部尚

书，出为冠军将军、吴兴太守。　③吴郡：即今江苏苏州。④小令：王献之为中书令，王珉代之，时人曰“大小王令”。

殷仲堪当之荆州，王东亭问曰：“德以居全为称，仁以不害物为名。方今宰牧华夏，处杀戮之职，与本操将不乖乎？”殷答曰：“皋陶[①]造刑辟[②]之制，不为不贤；孔丘居司寇[③]之任，未为不仁。”

①皋陶（gāo yáo）：虞舜时掌刑狱之臣。　②辟（bì）：刑法。　③司寇：官名。掌刑狱、纠察。孔子为鲁司寇七日，而诛乱法大夫少正卯。

文学第四

郑玄[①]欲注《春秋传》[②]，尚未成。时行，与服子慎[③]遇，宿客舍，先未相识。服在外车上与人说己注《传》意，玄听之良久，多与己同。玄就车与语，曰："吾久欲注，尚未了。听君向言，多与吾同，今当尽以所注与君。"遂为服氏注。

①郑玄：字康成，东汉高密（今属山东）人。献帝征为大司农。　②《春秋传》：即《春秋左传》，《十三经》之一经也。　③服子慎：服虔，字子慎，荥阳（今属河南）人。著《春秋左氏传解谊》，举孝廉，为尚书郎、九江太守。

郑玄家奴婢皆读书，尝使一婢不称旨，将挞之，方自陈说，玄怒，使人曳著（zhuó）泥中。须臾，复有一婢来，问曰："胡为乎泥中[①]？"答曰："薄言往愬，逢彼之怒[②]。"

①胡为乎泥中：此《诗经·邶风·式微》章之诗也。
②薄言往愬，逢彼之怒：此《诗经·邶风·柏舟》章之诗也。薄，言，有以为皆语辞者，亦有以薄为勉，言为我者。愬，与

“诉”同。

服虔既善《春秋》[1]，将为注，欲参考同异。闻崔烈[2]集门生讲传，遂匿姓名，为烈门人赁作食。每当至讲时，辄窃听户壁间。既知不能逾己，稍共诸生叙其短长。烈闻，不测何人。然素闻虔名，意疑之。明蚤往，及未寤[3]，便呼：“子慎，子慎。”虔不觉惊应，遂相与友善。

---

①《春秋》：本鲁史记之名，孔子删定之。自鲁隐公元年至鲁哀公十四年，凡十二公，二百四十二年，编年之史也。②崔烈：字威考，东汉涿郡安平（今属河北）人。灵帝时，官至司徒、太尉，封阳平亭侯。　③寤：觉醒。

钟会撰《四本[1]论》始毕。甚欲使嵇公[2]一见，置怀中，既定，畏其难[3]，怀不敢出。于户外遥掷，便回急走。

---

①四本：刘注说：四本者，言才性同，才性异，才性合，才性离也。　②嵇公：即嵇康。　③难（nàn）：诘辩也。

何晏[1]为吏部尚书，有位望，时谈客盈坐。王弼[2]未弱冠[3]，往见之。晏闻弼名，因条向者胜理，语弼曰：“此理仆以为极，可得复难不？”弼便作难，一坐人便以为屈。于是弼自为客主数番，皆一坐所不及。

---

①何晏：字平叔，三国魏南阳（今河南南阳）人。正始中，

曹爽用为中书，累官侍中、尚书，爵列侯。　②王弼：字辅嗣，山阳（今河南焦作）人。注《易》及《老子》，年二十四而卒。　③弱冠：年二十成人，初加冠，体犹未壮，故曰弱，未弱冠，意年未二十。

何晏注《老子》[①]未毕，见王弼自说注《老子》旨。何意多所短，不复得作声，但应诺诺，遂不复注，因作《道德论》。

---

①《老子》：老聃所撰，分上下篇，言道德之意五千余言。今所传本，有汉河上公注与魏王弼注二家。

中朝[①]时有怀道之流，有诣王夷甫咨疑者，值王昨已语多，小极[②]，不复相酬答。乃谓客曰："身今少恶[③]，裴逸民[④]亦近在此，君可往问。"

---

①中朝：东晋偏安于江左，故西晋时有中朝之称。　②小极：略感疲倦。　③恶：不舒服。　④裴逸民：即仆射裴頠。

诸葛厷[①]年少不肯学问，始与王夷甫谈，便已超诣。王叹曰："卿天才卓出，若复小加研寻，一无所愧。"厷后看《庄》《老》[②]，更与王语，便足相抗衡[③]。

---

①诸葛厷（gōng）：字茂远，琅邪（今山东临沂）人。魏雍州刺史诸葛绪之子，仕至司空主簿。　②《庄》：庄周所著之

书，名曰《庄子》，十余万言。唐天宝元年，诏号为《南华真经》。《老》：《老子》，又名《道德经》。李耳著。　③抗衡：抗，对也。衡，车轭上横木。抗衡，言不相上下。

卫玠总角[①]时，问乐令"梦"，乐云："是想。"卫曰："形神所不接而梦，岂是想邪？"乐云："因也。未尝梦乘车入鼠穴，捣齑[②]啖[③]铁杵（chǔ），皆无想无因故也。"卫思因经日不得，遂成病。乐闻，故命驾为剖析之，卫即小差（chài）[④]。乐叹曰："此儿胸中当必无膏肓[⑤]之疾！"

---

①总角：古时少儿男未冠，女未笄时的发型，头发梳成两个发髻，如头顶两角。借指童年。　②齑（jī）：捣辛物。　③啖（dàn）：与"啖"同。　④差（chài）：通"瘥"，病愈。　⑤膏：心下为膏。肓：鬲也。鬲与"胸膈"之"膈"通，管上下使气与壳不相乱也。

初，注《庄子》者数十家，莫能究其旨要。向秀于旧注外为解义，妙析奇致，大畅玄风。唯《秋水》《至乐》二篇未竟，而秀卒。秀子幼，义遂零落，然犹有别本。郭象[①]者，为人薄行，有俊才。见秀义不传于世，遂窃以为己注。乃自注《秋水》《至乐》二篇，又易《马蹄》一篇。其余众篇，或定点文句而已。后秀义别本出，故今有向、郭二《庄》，其义一也。

①郭象：字子玄，西晋河南（今河南洛阳）人。辟司空掾、太傅主簿。

阮宣子[1]有令闻[2]。太尉王夷甫见而问曰："老庄与圣教同异？"对曰："将无[3]同？"太尉善其言，辟（bì）之为掾（yuàn）。世谓"三语掾"。卫玠嘲之，曰："一言可辟，何假于三？"宣子曰："苟是天下人望，亦可无言而辟，复何假一？"遂相与为友。

①阮宣子：阮修，字宣子，晋陈留（今属河南）人，尝为鸿胪丞、太子洗马。 ②令闻：美誉也。 ③将无：莫非。

谢安年少时，请阮光禄道《白马论》[1]。为论以示谢，于时谢不即解阮语，重相咨尽。阮乃叹曰："非但能言人不可得，正索解人亦不可得！"

①《白马论》：刘注引《孔丛子》："赵人公孙龙云：白马非马。"

宣武集诸名胜[1]讲《易》，日说一卦。简文欲听，闻此便还，曰："义自当有难易，其以一卦为限邪？"

①名胜：名流，指名位通显于时的人。晋人语。

《庄子·逍遥篇》，旧是难处，诸名贤所可钻味，而不能拔理于郭、向之外。支道林在白马寺[①]中，将冯太常[②]共语，因及《逍遥》。支卓然标新理于二家之表，立异义于众贤之外，皆是诸名贤寻味之所不得。后遂用支理。

---

①白马寺：在河南洛阳东，故洛阳城西，此为僧寺之最古者。　②冯太常：冯怀，字祖思，晋长乐（今陕西安阳）人。历官太常、护国将军。

许掾[①]年少时，人以比王苟子[②]，许大不平。时诸人士及支法师并在会稽西寺[③]讲，王亦在焉。许意甚忿，便往西寺与王论理，共决优劣，苦相折挫，王遂大屈。许复执王理，王执许理，更相覆疏[④]，王复屈。许谓支法师曰："弟子向语何似？"支从容曰："君语佳则佳矣，何至相苦邪？岂是求理中之谈哉？"

---

①许掾：即许询，辟司徒掾，故称许掾。　②王苟子：王修，字敬仁，小字苟子，光禄王濛之子，官著作郎、琅邪王文学，转中军司马。　③西寺：在浙江绍兴东南十二里。④疏：疏通其义。

林道人[①]诣谢公，东阳[②]时始总角，新病起，体未堪劳。与林公讲论，遂至相苦。母王夫人[③]在壁后听之，再遣信令还，而太傅留之。王夫人因自出，云："新妇少遭家难（nàn），一生所寄，唯在此儿。"因流涕，抱儿以归。谢公语同坐曰："家嫂辞情慷慨，致可传述，恨不使朝士见！"

①林道人：即支遁。②东阳：即谢朗。官至东阳太守，故称东阳。③王夫人：太康王韬之女，名绥。

支道林、许掾诸人共在会稽王[①]斋头[②]。支为法师，许为都讲[③]。支通一义，四坐莫不厌[④]心。许送一难，众人莫不抃舞。但共嗟咏二家之美，不辩其理之所在。

①会稽王：即简文帝。②斋头：蔬食曰斋。晋时有以头作筵解者。③都讲：魏晋时佛教讲经，一人唱经，一人解释，唱经提问者称"都讲"。④厌：与"餍"通，饱足也。

殷中军[①]读《小品》[②]，下二百签，皆是精微。世之幽滞，尝欲与支道林辩之，竟不得。今《小品》犹存。

①殷中军：即殷浩。②《小品》：《辨空经》之简略者为小品。

于法开[①]始与支公争名，后情渐归支，意甚不分[②]，遂遁迹剡下[③]。遣弟子出都，语[④]使过会稽。于时支公正讲《小品》，开戒[⑤]弟子："道林讲，比[⑥]汝至，当在某品中。"因示语攻难（nàn）数十番，云："旧此中不可复通。"弟子如言诣支公。正值讲，因谨述开意，往反多时，林公遂屈。厉声曰："君何足复受人寄[7]载[8]来！"

①于法开：才辩纵横，以数术弘教。居剡县，更学医术。②不分：不甘心，不服气。 ③剡下：剡山之下。 ④语：为人论说也。 ⑤戒：告也。 ⑥比（bì）：及，等到。⑦寄：以物付人由此达彼也。 ⑧载：舟车运物也。

殷、谢[1]诸人共集，谢因问殷："眼往属万形，万形来入眼不（fǒu）？"

①殷、谢：殷浩、谢安。

人有问殷中军："何以将得位而梦棺器，将得财而梦矢[1]秽？"殷曰："官本是臭腐，所以将得而梦棺尸；财本是粪土，所以将得而梦秽污。"时人以为名通[2]。

①矢：通"屎"。 ②名通：名言。

张凭[1]举孝廉，出都，负其才气，谓必参[2]时彦。欲诣刘尹[3]，乡里及同举者共笑之。张遂诣刘，刘洗濯料事，处之下坐，唯通寒暑，神意不接。张欲自发无端，顷之，长史[4]诸贤来清言，客主有不通处，张乃遥于末坐判之。言约旨远，足畅彼我之怀，一坐皆惊。真长延之上坐。清言弥日，因留宿。至晓，张退，刘曰："卿且去，正当取卿共诣抚军

[5]。”张还船，同侣问何处宿，张笑而不答。须臾，真长遣传教[6]觅张孝廉船，同侣惋愕。即同载诣抚军，至门，刘前进，谓抚军曰：“下官今日为公得一太常博士妙选。”既前，抚军与之话言，咨嗟称善，曰：“张凭勃窣[7]为理窟。”即用为太常博士。

①张凭：字长宗，东晋吴郡（今江苏苏州）人。累迁吏部郎、御史中丞。　②参：间厕也。　③刘尹：即刘惔。　④长史：即王濛。　⑤抚军：即简文帝。　⑥传教：遣传命令之人。　⑦勃窣（sū）：匍匐行也。

僧意[1]在瓦官寺中，王苟子来与共语，便使其唱理。意谓王曰：“圣人有情不？”王曰：“无。”重问曰：“圣人如柱邪？”王曰：“如筹算。虽无情，运之者有情。”僧意云：“谁运圣人邪？”苟子不得答而去。

①僧意：刘注：“原注未详僧意氏族所出。”

司马太傅问谢车骑[1]：“惠子[2]其书五车，何以无一言入玄？”谢曰：“故当是其妙处不传。”

①谢车骑：即谢玄。　②惠子：惠施，战国时人，庄子之友。

殷荆州曾问远公[1]：“《易》以何为体？”答曰：

“《易》以感为体。”殷曰：“铜山西崩，灵钟东应，便是《易》邪？”远公笑而不答。

①远公：慧远，雁门（今山西代县）人，本姓贾氏。

殷仲堪云：“三日不读《道德经》①，便觉舌本间强②。”

①《道德经》：即《老子》。　②强（jiàng）：不和柔也。

文帝①尝令东阿王②七步中作诗，不成者行大法。应声便为诗曰：“煮豆持作羹，漉③菽④以为汁。萁（qí）在釜下燃，豆在釜中泣。本自同根生，相煎何太急。”帝深有惭色。

①文帝：曹丕，字子桓，曹操之长子，篡汉，即皇帝位，谥曰文帝。　②东阿王：曹植，字子建，曹丕之弟，封东阿王。③漉（lù）：渗也，水因阻隔而徐徐下渗也。　④菽：豆类总称。

左太冲①作《三都②赋》初成，时人互有讥訾（zǐ），思意不惬。后示张公③，张曰：“此《二京》④可三。然君文未重于世，宜以经高名之士。”思乃询求于皇甫谧⑤，谧见之嗟叹，遂为作叙。于是先相非贰者，莫不敛衽⑥赞述焉。

①左太冲：左思，字太冲，晋齐国人。征为秘书郎。②三都：刘备都益州号蜀，孙权都建业号吴，曹操都邺号魏。③张公：即张华。　④《二京》：汉张衡，拟班固《两都》，

作《二京赋》。⑤皇甫谧（mì）：字士安，安定朝那（今甘肃平凉灵台县）人。征辟皆不就，隐居终身。⑥敛衽（rèn）：敛其衣襟，以示肃敬也。

孙子荆①除妇服②，作诗以示王武子③。王曰："未知文生于情，情生于文？览之凄然，增伉俪④之重。"

①孙子荆：孙楚，字子荆，太原人。②妇：指孙楚之妻。服：指丧服。③王武子：王济，字武子，太原人。官中书郎，终太仆。④伉俪：言是相敌之匹偶也。即配偶。

太叔广①甚辩给②，而挚仲治③长于翰墨，俱为列卿④。每至公坐，广谈，仲治不能对。退，著笔难广，广又不能答。

①太叔广：字季思，西晋东平（今属山东）人。②辩给：有口才。③挚仲治：挚虞，字仲治，长安（今属陕西）人，师事皇甫谧，历秘书监、太常卿。④列卿：诸卿之列。

庾子嵩①作《意赋》②成，从子文康③见，问曰："若有意邪？非赋之所尽。若无意邪？复何所赋。"答曰："正在有意无意之间。"

①庾子嵩：庾敳，字子嵩，晋颍川（今属河南）人。侍中庾峻之第三子，仕至豫州长史。②《意赋》：敳见王室多难，知终婴其祸，作《意赋》以怀。③文康：庾亮，谥文康。

习凿齿[1]史才不常，宣武甚器之。未三十，便用为荆州治中。凿齿谢笺亦云："不遇明公，荆州老从事[2]耳！"后至都见简文，返命。宣武问"见相王[3]何如？"答云："一生不曾见此人。"从此忤旨，出为衡阳郡[4]，性理遂错[5]。于病中犹作《汉晋春秋》[6]，品评卓逸。

---

①习凿齿：字彦威，晋襄阳（今湖北襄阳）人。 ②从事：官名，佐吏。 ③相王：简文帝。 ④衡阳郡：此指衡阳太守。 ⑤性理遂错：因抑郁而精神衰弱也。 ⑥《汉晋春秋》：起汉光武，终于晋愍帝，凡五十四卷。是时桓温觊觎非望，凿齿著此书以裁正之。

谢太傅问主簿陆退[1]："张凭何以作母诔[2]，而不作父诔？"退答曰："故当是丈夫之德，表于事行；妇人之美，非诔不显。"

---

①陆退：字黎民，晋吴郡（今江苏苏州）人。张凭之婿，仕至光禄大夫。 ②诔：哀死而述其行之辞。

孙兴公[1]云："潘[2]文烂若披锦，无处不善；陆[3]文若排沙简金，往往见宝。"

---

①孙兴公：孙绰，字兴公，晋太原（今属山西）人。仕至散骑常侍。 ②潘：潘岳，字安仁，荥阳（今属河南）人。仕至

黄门侍郎。　　③陆：陆机，字士衡，吴郡吴县华亭（今属上海松江）人。三国吴丞相陆逊之孙，与弟云齐名。

桓公①见谢安石作简文谥（shì）议，看竟，掷与坐上诸客曰：“此是安石碎金②。”

①桓公：即桓温。　　②碎金：言善为文者，其绪余亦可珍贵也。

方正第五

陈太丘与友期行，期日中。过中不至，太丘舍去，去后乃至。元方时年七岁，门外戏。客问元方“尊君在不（fǒu）？”答曰：“待君久不至，已去。”友人便怒曰：“非人哉，与人期行，相委[①]而去。”元方曰：“君与家君期日中，日中不至，则是无信；对子骂父，则是无礼。”友人惭，下车引[②]之。元方入门不顾。

①委：舍去。　②引：相牵曰引。此表亲近。

郭淮[①]作关中[②]都督，甚得民情，亦屡有战庸[③]。淮妻，太尉王凌[④]之妹，坐凌事[⑤]，当并诛，使者征[⑥]摄[⑦]甚急。淮使戒[⑧]装，克日[⑨]当发。州府文武及百姓劝淮举兵，淮不许。至期遣妻，百姓号泣追呼者数万人，行数十里。淮乃命左右追夫人还，于是文武奔驰，如徇身首之急。既至，淮与宣帝[⑩]书曰：“五子哀恋，思念其母。其母既亡，则无五子；五子若殒，亦复无淮。”宣帝乃表[⑪]特原淮妻。

①郭淮：字伯济，三国魏阳曲（今属山西太原）人。在关中

三十余年，迁仪同三司，赠大将军。　②关中：即今陕西省，东自函关，西至陇关，二关之间谓之关中。　③庸：功。　④王凌：字彦云，太原（今属山西）人。历司空、太尉、征东将军。　⑤凌事：凌欲立楚王彪，司马宣王自讨之，凌自缚归罪。　⑥征：召。　⑦摄：捉捕。　⑧戒：备。　⑨克日：严限日期。　⑩宣帝：司马懿，字仲达，温县（今属河南）人，孙炎代魏，追尊为宣帝。　⑪表：上表。

诸葛亮①之次②渭滨③，关中震④动⑤。魏明帝⑥深惧晋宣王战，乃遣辛毗⑦为军司马。宣王既与亮对渭而陈⑧，亮设诱谲（jué）万方。宣王果大忿，将欲应之以重兵。亮遣间谍觇（chān）之，还曰："有一老夫，毅然仗黄钺，当军门立，军不得出。"亮曰："此必辛佐治也。"

①诸葛亮：字孔明，三国蜀阳都（今山东沂南）人。累迁丞相、益州牧，封武乡侯，谥忠武。　②次：凡师一宿为舍，再宿为信，过信为次。　③渭滨：渭水旁。　④震：惧怕。　⑤动：不安。　⑥魏明帝：曹叡，字元仲，继文帝为魏帝，在位十三年。　⑦辛毗（pí）：字佐治，阳翟（今河南禹县）人。官至卫尉。　⑧陈：为"阵"之本字。即对阵。

高贵乡公①薨，内外喧哗。司马文王问侍中陈泰②曰："何以静之？"泰云："唯杀贾充③以谢天下。"文王曰："可复下此不？"对曰："但见其上，未见其下。"

①高贵乡公：曹髦（máo），字彦士。魏文帝之孙，东海定王曹霖之子，初封郯县高贵乡公。司马师废帝，立髦为帝，在位七年，司马昭之党贾充唆使成济弑之。 ②陈泰：字玄伯，司空陈群之子。 ③贾充：字公闾。魏贾逵之子。

诸葛靓（jìng）后入晋[①]，除[②]大司马，召不起。以与晋室有仇[③]，常背洛水而坐。与武帝[④]有旧，帝欲见之而无由，乃请诸葛妃[⑤]呼靓。既来，帝就太妃间[⑥]相见。礼毕，酒酣，帝曰："卿故复忆竹马之好不？"靓曰："臣不能吞炭漆身[⑦]，今日复睹圣颜。"因涕泗百行，帝于是惭悔而出。

①入晋：靓仕于吴为右将军、大司马，吴亡入洛。 ②除：拜官曰除，除去旧官以就新官。 ③与晋室有仇：靓父诞为晋文帝司马昭所杀。 ④武帝：司马炎，字安世，司马昭之长子。篡魏称帝，在位二十五年，谥曰武帝。 ⑤诸葛妃：武帝叔母琅邪王妃，靓之姊也。 ⑥间：处所。 ⑦吞炭漆身：战国时，豫让欲弑赵襄子为智伯报仇，吞炭为哑，漆身为厉。

晋武帝时，荀勖[①]为中书监，和峤[②]为令。故事：监、令由来共车，峤性雅正，常疾勖谄谀。后公车[③]来，峤便登，正向前坐，不复容[④]勖。勖方更觅车，然后得去。监、令各给[⑤]车，自此始。

①荀勖（xù）：字公曾，颍川（今属河南）人。汉司空荀爽

之曾孙，为安阳令，累迁侍中、中书监。 ②和峤：字长舆，汝南（今属河南）人。历尚书、太子少傅。 ③公车：官车。 ④容：容纳。 ⑤给：备。

齐王冏[①]为大司马辅政，嵇绍为侍中，诣冏咨事。冏设宰[②]会，召葛旟[③]、董艾[④]等共论时宜。旟等白冏："嵇侍中善于丝竹，公可令操之。"遂送乐器，绍推却不受。冏曰："今日共为欢，卿何却邪？"绍曰："公协辅皇室，令作事可法。绍虽官卑，职备常伯[⑤]。操丝比竹盖乐（yuè）官之事。不可以先王法服为伶人[⑥]之业。今逼高命，不敢苟辞。当释冠冕，袭[⑦]私服，此绍之心也。"旟等不自得而退。

①冏：司马冏，字景治，晋宗室献王攸之子。 ②宰：官员。 ③葛旟（yú）：字虚旟，齐王官属。 ④董艾：字叔智，齐王官属。 ⑤常伯：周代官名。 ⑥伶人：黄帝时，伶伦造音乐，故后世称善音乐歌曲者为伶人。 ⑦袭：穿上。

卢志[①]于众坐问陆士衡："陆逊、陆抗[②]是君何物？"答曰："如卿于卢毓、卢珽[③]。"士龙[④]失色，既出户，谓兄曰："何至如此？彼容不相知也？"士衡正色曰："我父、祖名播海内，宁有不知，鬼子[⑤]敢尔！"议者疑二陆优劣，谢公以此定之。

①卢志：字子道，起家邺令，历成都王长史、卫尉卿、尚书

郎。　②陆逊、陆抗：陆机之祖，陆逊为吴丞相。陆机之父，陆抗为吴大司马。　③卢毓、卢珽：卢志之祖卢毓，字子家，为魏司空。父卢珽，字子笏，魏元帝末年为泰山太守。　④士龙：陆云，字士龙，大司马陆抗之第五子，陆机同母之弟，累迁太子舍人、清河内史。　⑤鬼子：传汉卢充与鬼为婚生子，卢志即卢充之后裔。

王太尉①不与庾子嵩交，庾卿之②不置。王曰："君不得为尔。"庾曰："卿自君我，我自卿卿；我自用我法，卿自用卿法。"

---

①王太尉：即王衍。　②卿之：称他为"卿"，卿是对对方亲近且随便的称呼。

阮宣子①论鬼神有无者，或以人死有鬼，宣子独以为无。曰："今见鬼者云："'着生时衣服'若人死有鬼，衣服复有鬼邪？"

---

①阮宣子：即阮修。

元皇帝①既登阼②，以郑后③之宠，欲舍明帝④而立简文。时议者咸谓："舍长立少，既于理非伦⑤，且明帝以聪亮英断，益宜为储副。"周、王⑥诸公并苦争恳切。唯刁玄亮⑦独欲奉少主，以阿帝旨。元帝便欲施行，虑诸公不奉诏。于是先唤周侯、丞相[8]入，然后欲出诏付刁。周、王既入，始至阶头，帝逆遣传诏，遏[9]使就东厢[10]。周侯未悟，即却略下阶。丞相披[11]拨[12]传诏，径至御床[13]前，曰："不审陛下何以见臣？"帝默然无言，乃探怀中黄纸诏裂掷之，由此皇储始定。周侯方慨然愧叹曰："我常自言胜茂弘，今始知不如也！"

---

①元皇帝：晋元帝，名睿，字景文，司马懿之曾孙。西晋亡时，即位建康。谥法，始建国都曰元，故谥为元帝。　②阼：主阶。天子之位曰阼，言为天下主也。　③郑后：元帝夫人，生简文帝。　④明帝：名绍，字道几，元帝之长子，在位三年。　⑤伦：常道。　⑥周、王：周顗、王导。　⑦刁玄亮：刁协，字玄亮，饶安（今河北盐山）人。累迁尚书令。⑧周侯、丞相：即周顗、王导。　⑨遏：阻拦。　⑩厢：廊也。　⑪披：从旁持曰披。　⑫拨：拨开。　⑬床：坐榻。

周伯仁为吏部尚书，在省[1]内，夜疾危急。时刁玄亮为尚书令，营救备亲好之至，良久小损[2]。明旦，报仲智[3]，仲智狼狈[4]来。始入户，刁下床对之大泣，说伯仁昨危急之状，仲智手批[5]之，刁为辟易[6]于户侧。既前，都不问病。直云："君在中朝，与和长舆[7]齐名，那与佞（nìng）人刁协有情？"径便出。

①省：禁署也。言入此中者，当察视不可妄也。　②损：减也。指病情减轻。　③仲智：周嵩，字仲智，周顗之次弟。④狼狈：慌张。　⑤手披：手击也。　⑥辟（bì）易：惊退也。　⑦和长舆：和峤，西晋汝南人（今属河南）。惠帝时，官太子少傅。

王含[1]作庐江郡[2]，贪浊狼藉[3]。王敦护其兄，故于众坐称："家兄在郡定佳，庐江人士咸称之！"时何充为敦主簿，在坐，正色曰："充即庐江人，所闻异于此！"敦默然。旁人为之反侧[4]，充晏然神意自若。

①王含：字处弘，晋琅邪（今属山东）人。累迁徐州刺史、光禄勋。　②庐江郡：故城在今安徽霍邱县西五十五里。③狼藉：离披杂乱。此言名声不好。　④反侧：不安也。

王大将军[1]既反，至石头，周伯仁往见之，谓周曰："卿何以相负[2]？"对曰："公戎车犯正，下官忝率六军，而王师不振，以此负公。"

①王大将军：即王敦。　②负：背恩忘德。愍帝建兴元年（313）周顗曾为杜陵所困，投于王敦。

苏峻[1]既至石头，百僚奔散。惟侍中钟雅独在帝[2]侧，或谓钟曰："见可而进，知难而退，古之道也。君性亮直，必不容于寇雠。何不用随时之宜，而坐待其弊[3]邪？”钟曰：“国乱不能匡[4]，君危不能济，而各逊遁[5]以求免，吾惧董狐[6]将执简而进矣！”

---

①苏峻：字子高，长广掖（今属山东）人。咸和三年（328）建康陷，峻自领尚书，陶侃诛之。　②帝：晋成帝。　③弊：通“毙”。　④匡：救也。　⑤逊遁：退避。　⑥董狐：春秋时，晋国之史官。赵穿弑晋灵公，赵盾不讨贼，董狐书曰：“赵盾弑其君。”孔子曰：“董狐，古之良史也。”

何次道、庾季坚[1]二人并为元辅。成帝初崩，于时嗣君未定。何欲立嗣子，庾及朝议以外寇方强，嗣子冲幼，乃立康帝[2]。康帝登阼，会群臣。谓何曰：“朕今所以承大业，为谁之议？”何答曰：“陛下龙飞，此是庾冰之功，非臣之力。于时用微臣之议，今不睹盛明之世。”帝有惭色。

---

①庾季坚：庾冰，字季坚，太尉庾亮之弟，累迁车骑将军、江州刺史。　②康帝：名岳，字世同，成帝同母弟，在位二年。

刘真长、王仲祖[1]共行，日旰（gàn）未食。有相识小人贻其餐，肴案甚盛，真长辞焉。仲祖曰：“聊以充虚，何苦辞？”真长曰：“小人都不可与作缘[2]。”

---

①刘真长、王仲祖：即刘惔、王濛。　②“小人”句：言

不可与小人接近也。

王修龄[①]尝在东山，甚贫乏，陶胡奴[②]为乌程[③]令，送一船米遗（wèi）之，却[④]不肯取。直答语："王修龄若饥，自当就谢仁祖索食，不须陶胡奴米。"

---

①王修龄：王胡之，字修龄，晋琅邪（今属山东）人。历吴兴太守，拜使持节都督司州诸军事。　②陶胡奴：陶范，字道则，小字胡奴，陶侃诸子中之最知名者，历尚书秘书监。③乌程：今浙江湖州。　④却：拒绝。

谢公闻羊绥[①]佳，致意令来，终不肯诣。后绥为太学博士，因事见谢公，公即取以为主簿。

---

①羊绥：字仲彦，晋太山（今属山东）人。仕至中书侍郎。

孝武问王爽[①]："卿何如卿兄？"王答曰："风流秀出，臣不如恭[②]，忠孝亦何可以假人！"

---

①王爽：字季明，小字睹，晋太原（今属山西）人。王濛之孙，王恭之第四弟，仕至侍中，赠太常。　②恭：王恭，字孝伯，起家著作郎，历丹阳尹、中书令，出为五州都督前将军，青、兖二州刺史。

王爽与司马太傅饮酒，太傅醉，呼王为"小子"[①]。王曰："亡祖长史，与简文皇帝为布衣之交；亡姑、亡姊，伉俪二宫[2]，何小子之有？"

①小子：轻慢之称也。　②二宫：王濛女，名穆之，为哀帝皇后。王蕴女，名法惠，为孝武皇后。

张玄与王建武[1]先不相识，后遇于范豫章[2]许，范令二人共语。张因正坐敛衽，王孰视良久，不对。张大失望，便去。范苦譬留之，遂不肯住。范是王之舅[3]，乃让[4]王曰："张玄，吴士之秀，亦见遇于时，而使至于此，深不可解。"王笑曰："张祖希[5]若欲相识，自应见诣。"范驰报张，张便束带造之。遂举觞对语，宾主无愧色。

①王建武：王忱，初作荆州刺史，后为建武将军。　②范豫章：范宁，字武子，顺阳（今河南淅川）人。初为余杭令，迁豫章太守，著有《春秋谷梁传集解》。　③范是王之舅：王忱之母，为顺阳郡范汪女，名盖，宁之妹也。　④让：责备。⑤张祖希：张玄，字祖希。

雅量第六

有往来者云："庾公有东下意[1]。"或谓王公[2]："可潜[3]稍严[4]，以备不虞[5]。"王公曰："我与元规[6]虽俱王臣，本怀布衣之好。若其欲来，吾角巾[7]径还乌衣[8]，何所稍严。"

---

①"庾公"句：庾亮镇武昌，有劝亮举兵内向者。　②王公：即丞相王导。　③潜：暗地里。　④严：防备。　⑤不虞：不测。　⑥元规：庾亮，字元规。　⑦角巾：巾之有棱角者，古隐居之服也。　⑧乌衣：乌衣巷，巷名，晋时贵族如王、谢诸家，多居此巷，在今南京市镇淮桥东。

庾太尉[1]风仪伟长，不轻举止，时人皆以为假。亮有大儿[2]数岁，雅重之质，便自如此，人知是天性。温太真尝隐[3]幔[4]怛[5]之，此儿神色恬[6]然，乃徐跪曰："君侯何以为此？"论者谓"不减[7]亮"。苏峻时遇害。或云："见阿恭，知元规非假。"

---

①庾大尉：庾亮。曾欲北伐。卒后追赠太尉。　②大儿：庾亮之长子。名会，字会宗，小字阿恭。　③隐：躲藏。

④幔：帐幔。　　⑤怛（dá）：惊吓。　　⑥恬：安然。
⑦减：比……差。

郗（xī）太傅在京口，遣门生与王丞相[①]书，求女婿。丞相语郗信[②]："君往东厢，任意选之。"门生归，白[③]郗曰："王家诸郎，亦皆可嘉。闻来觅婿，咸自矜持。唯有一郎在东床上坦[④]腹卧，如不闻。"郗公云："正此好！"访之，乃是逸少[⑤]，因嫁女与焉。

---

①王丞相：王导。　　②信：明王世懋云："晋人以使为信。"　　③白：告诉。　　④坦：平也。　　⑤逸少：王羲之，字逸少。

周仲智饮酒醉，瞋目还面谓伯仁曰："君才不如弟，而横[①]得重名！"须臾，举蜡烛火掷伯仁。伯仁笑曰："阿奴[②]火攻，固出下策耳！"

---

①横（hèng）：不顺理、无缘无故。　　②阿奴：当是周嵩小字。但本书屡见，他处刘孝标注引邓粲《晋记》曰："阿奴，嵩之弟周谟也。"

顾和[①]始为扬州[②]从事，月旦[③]当朝（cháo）。未入顷，停车州门外，周侯诣丞相，历和车边。和觅虱，夷然[④]不动。周既过，反还，指顾心曰："此中何所有？"顾搏虱如故，徐应曰："此中最是难测地。"周侯既入，语丞相曰："卿州吏中有一令仆[⑤]才。"

---

①顾和：字君孝，晋吴郡（今属江苏）顾荣之族，仕至尚书令。 ②扬州：晋明帝时，扬州统丹阳、吴郡、吴兴、新安、东阳、临海、永嘉、宜城、义兴、晋陵等郡。 ③月旦：月朔之旦也。即旧历初一。 ④夷然：安然。 ⑤令仆：谓尚书令与仆射也。

谢太傅[①]盘桓[②]东山时，与孙兴公诸人泛海戏。风起浪涌，孙、王[③]诸人色并遽[④]，便唱[⑤]使还。太傅神情方王[⑥]，吟啸不言。舟人以公貌闲意说（yuè），犹去不止。既风转急，浪猛，诸人皆喧动不坐。公徐云："如此，将无归。"众人即承响而回，于是审其量足以镇安朝野。

---

①谢太傅：谢安。 ②盘桓：逗留。 ③孙、王：孙绰与王羲之。 ④遽：慌张。 ⑤唱：高喊。 ⑥王（wàng）：同"旺"，兴致高。

桓公[①]伏甲设馔，广延朝士，因此欲诛谢安、王坦之[②]。王甚遽，问谢曰："当作何计？"谢神意不变，谓文度曰："晋阼（zuò）存亡，在此一行。"相与俱前，王之恐状，转见于色。谢之宽容，愈表于貌。望阶趋席，方作洛生咏[③]，讽[④]"浩浩洪流[⑤]"。桓惮其旷远，乃趣[⑥]解兵。王、谢旧齐名，于此始判优劣。

---

①桓公：即桓温。　②王坦之：字文度，太原人。累迁侍中、中书令，领北中郎将，徐、兖二州刺史。　③洛生咏：谢安能作洛下书生咏，而少有鼻疾，语音浊。后名流多学其咏，弗能及，手掩鼻而吟焉。　④讽：吟诵。　⑤浩浩洪流：嵇康《赠秀才入军》诗中诗句。　⑥趣（cù）：急忙。

支道林还东①，时贤并送于征虏亭②。蔡子叔③前至，坐近林公。谢万石④后来，坐小远。蔡暂起，谢移就其处。蔡还，见谢在焉，因合褥举谢掷地，自复坐。谢冠帻⑤倾脱，乃徐起，振衣就席，神意甚平，不觉瞋沮。坐定，谓蔡曰："卿奇人，殆坏我面。"蔡答曰："我本不为卿面作计。"其后，二人俱不介意。

---

①还东：晋哀帝迎支遁游京邑，支遁思会稽而归。　②征虏亭：晋惠帝时，征虏将军谢安立此亭，因以为名。此谢安，非太傅谢安。　③蔡子叔：蔡系，字子叔，济阳（今属山东）人。蔡谟之次子，仕至抚军长史。　④谢万石：谢万，字万石，太傅谢安之弟。　⑤帻（zé）：包头发之头巾。

戴公①从东出，谢太傅往看之。谢本轻②戴，见，但与论琴书。戴既无吝色③，而谈琴书愈妙，谢悠然知其量④。

---

①戴公：戴逵，字安道，谯国（今属安徽）人。后徙居会稽

之剡县，好鼓琴，善属文，屡辞征命。　②轻：看不起。③吝色：不乐意的神色。　④量：度量。

谢公[1]与人围棋，俄而谢玄淮上[2]信至。看书竟，默然无言。徐向局[3]，客问"淮上利害？"答曰："小儿辈大破贼[4]。"意色举止，不异于常。

①谢公：谢安。　②淮上：淮水之上游也。　③局：棋局。　④"小儿"句：苻坚之众号百万，进屯寿阳。谢玄与从弟琰等，选精锐决战，射伤苻坚，俘获数万计。

识鉴第七

曹公[①]少时见乔玄[②]，玄谓曰："天下方乱，群雄虎争。拨[③]而理之，非君乎？然君实是乱世之英雄，治世之奸贼。恨吾老矣！不见君富贵，当以子孙相累。"

①曹公：曹操，字孟德，小字阿瞒，本姓夏侯，其父夏侯蒿为宦官曹胜养子，遂改姓曹。汉献帝时，为大将军。进位丞相，封魏王。长子曹丕篡汉，追尊为武帝。　②乔玄：字公祖，汉睢阳（今河南商丘）人。累迁尚书令。　③拨：治理、整顿。

曹公问裴潜[①]曰："卿昔与刘备[②]共在荆州，卿以备才如何？"潜曰："使居中国[③]，能乱人，不能为治。若乘[④]边守险，足为一方之主。"

①裴潜：字文行，三国魏商河东（今属山西）人。　②刘备：字玄德，涿县（今属河北涿州）人。汉景帝子中山靖王胜之后，曹丕篡汉时，即帝位于成都，在位三年，谥曰昭烈帝。　③中国：中原地区。　④乘：登也。

何晏、邓飏[1]、夏侯玄[2]并求傅嘏[3]交，而嘏终不许。诸人乃因荀粲[4]说合之，谓嘏曰："夏侯太初一时之杰士，虚心于子，而卿意怀不可交。合则好成，不合则致隙[5]。二贤若穆[6]，则国之休[7]。此蔺相如所以下廉颇[8]也。"傅曰："夏侯太初志大心劳，能合虚誉，诚所谓利口覆国之人。何晏、邓飏有为而躁，博而寡要，外好利而内无关籥[9]。贵同恶异，多言而妒[10]前。多言多衅[11]，妒前无亲。以吾观之，此三贤者皆败德之人尔。远之犹恐罹祸，况可亲之邪？"后皆如其言。

---

①邓飏（yáng）：字玄茂，魏南阳（今属河南）人。邓禹之后，明帝时为尚书郎，后迁侍中尚书。　②夏侯玄：字太初，谯国（今安徽亳县）人。夏侯尚之子，仕至太常。　③傅嘏（gǔ）：字兰硕，泥阳（今陕西耀县）人。傅介子之后，累迁河南尹、尚书。　④荀粲：字奉倩，颍川（今属河南）人。太尉荀彧之少子。　⑤隙：怨也。　⑥穆：和也。　⑦休：庆也。即吉祥。　⑧"此蔺相如"句：战国时，赵蔺相如位在廉颇右。颇怒，欲辱之。相如常避匿，谓其舍人曰："吾何畏廉将军哉，秦以吾二人，故不敢加兵于赵。今两虎斗，势不俱生，吾以公家急而后私仇也。"颇闻谢罪。　⑨关籥：关键。横持门户之木曰关。籥，古同"钥"。上贯关下插地之直木。　⑩妒：己不如人而嫉之曰妒。　⑪衅：瑕隙也。

石勒[①]不知书，使人读《汉书》[②]。闻“郦食其[③]劝立六国[④]后，刻印将授之”，大惊曰：“此法当失，云[⑤]何得遂有天下？”至“留侯[⑥]谏”，乃曰：“赖有此耳！”

①石勒：字世龙，上党（今属山西）人。匈奴之苗裔也。晋元帝太兴二年，勒伪称赵王。成帝咸和五年，僭（jiàn）称正号。至咸和七年死，伪谥明皇帝。　②《汉书》：后汉班固所撰，起高祖终孝平王莽之诛。二百三十年，凡八十余万字。固卒后，和帝令其妹班昭补成八表及《天文志》。书共一百二十卷，唐颜师古注。　③郦食其（lì yì jī）：刘邦的谋士。　④六国：战国时函谷以东之六国，楚、齐、燕、韩、魏、赵是也。　⑤云：犹言有如是也。　⑥留侯：张良，刘邦的谋士，封留侯。

武昌[①]孟嘉[②]作庾太尉州从事，已知名。褚太傅有知人鉴，罢豫章还，过武昌。问庾曰：“闻孟从事佳，今在此不？”庾云：“试自求之。”褚眄睐[③]良久，指嘉曰：“此君小异，得无是乎？”庾大笑曰：“然。”于时既叹褚之默识，又欣嘉之见赏。

①武昌：即今湖北武汉武昌。　②孟嘉：字万年，后为桓温参军，转从事中郎，迁长史。　③眄（miǎn）睐：目光来回审视。

戴安道年十余岁[①]，在瓦官寺画[②]。王长史[③]见之，曰：

“此童非徒能画，亦终当致名。恨吾老，不见其盛时耳！”

---

①戴安道：戴逵（326—396），东晋画家。 ②瓦官寺：佛寺名，在今南京。 ③王长史：王廞。东晋书法家。

小庾①临终，自表以子园客②为代。朝廷虑其不从命，未知所遣，乃共议用桓温。刘尹曰：“使伊去，必能克③定西楚④，然恐不可复制。”

---

①小庾：太尉庾亮之弟庾翼也。 ②园客：庾爰之，字仲真，小字园客，庾翼之次子。 ③克：以肩任物曰克。此指平定。 ④西楚：今湖北省西部诸县。

谢公①在东山畜②妓，简文③曰：“安石必出。既与人同乐，亦不得不与人同忧。”

---

①谢公：谢安。 ②畜：养。 ③简文：晋简文帝。

褚期生①少时，谢公甚知之，恒云：“褚期生若不佳者，仆不复相士。”

---

①褚期生：褚爽，字茂弘，小字期生。河南人。累迁中书郎、义兴太守。

王忱死，西镇①未定，朝贵人人有望。时殷仲堪在门下②，虽居机要，资名轻小，人情未以方岳[③]相许。晋孝武欲拔亲近腹心，遂以殷为荆州。事定，诏未出，王珣问殷曰："陕西[④]何故未有处分？"殷曰："已有人。"王历问公卿，咸云："非。"王自计才地必应在己。复问："非我邪？"殷曰："亦似非。"其夜，诏出用殷。王语所亲曰："岂有黄门郎而受如此任，仲堪此举，乃是国之亡征。"

---

①西镇：出镇西方之人。　②门下：晋孝武帝用仲堪为黄门侍郎，因给事黄门侍郎与侍中，俱管门下众事，遂名其官署为门下省。　③方岳：筦（guǎn）领兵权，驻节州郡，为国重镇者，如四方之岳也。　④陕西：荆州所统之郡县，多为周初召公所主陕以西之地，故称陕西。

赏誉第八上

陈仲举尝叹曰："若周子居[1]者，真治国之器。譬诸宝剑，则世之干将[2]。"

①周子居：周乘，字子居，东汉汝南（今属河南）人。为太山太守，有惠政。　②干将：春秋时，吴王阖闾请吴人干将作剑，干将与其妻莫邪造成阴阳二剑。阳曰干将，阴曰莫邪。

王濬冲、裴叔则二人，总角[1]诣钟士季，须臾去后，客问钟曰："向[2]二童何如？"钟曰："裴楷清通，王戎简要。后二十年，此二贤当为吏部尚书，冀尔时天下无滞才[3]。"

①总角：童年。　②向：刚才。　③滞才：遗落的人才。

王戎目[1]山巨源："如璞玉浑金，人皆钦其宝，莫知名其器。"

①目：称也。即评价。

山公举阮咸[1]为吏部郎，目曰："清真寡欲，万物不能移也。”

---

①阮咸：字仲容，晋陈留（今属河南）人。阮籍之兄子也。

庾子嵩目和峤：“森森如千丈松。虽磊砢[1]有节目[2]，施之大厦，有栋梁之用。”

---

①磊砢（luǒ）：形容植物多节，亦喻人有奇特的才能。
②节目：枝干交接，纹理纠结不顺的地方。

王汝南[1]既除所生服，遂停墓[2]所。兄子济每来拜墓，略不过叔，叔亦不候。济脱时过[3]，止寒温而已。后聊[4]试问近事，答对甚有音辞，出济意外，济极惋愕。仍与语，转造精微。济先略无子侄之敬，既闻其言，不觉懔然，心形俱肃。遂留共语，弥日累夜。济虽俊爽[5]，自视缺然。乃喟然叹曰：“家有名士，三十年而不知。”济去，叔送至门。济从骑有一马，绝难乘，少（shǎo）能骑者。济聊问叔：“好（hào）骑乘不（fǒu）？”曰：“亦好尔。”济又使骑难乘马。叔姿形既妙，回策[6]如萦[7]，名骑无以过之。济益叹其难测，非复一事。既还，浑[8]问济：“何以暂行累日？”济曰：“始得一叔。”浑问其故，济具叹述如此。浑曰：“何如我？”济曰：“济以上人。”武帝每见济，辄以湛调[9]之，曰：“卿家痴叔[10]死未？”济常无以答。既而得叔后，武帝又问如前。济曰：“臣叔不痴。”称其实美。帝曰：“谁比？”济曰：“山涛以下，魏舒⑪以上。”于是显名，年二十八始宦。

①王汝南：王湛，字处冲，太原（今属山西）人。司徒王浑之弟，仕至汝南内史。 ②墓：王浑、王湛之父王昶之墓。 ③脱时过：或有时过之也。 ④聊：且略之辞。 ⑤俊爽：俊，卓特也。爽，俊迈不群之意。 ⑥策：马鞭也。 ⑦萦：旋绕也。 ⑧浑：王浑，字玄冲，太原人。魏司空王昶（chǎng）之子。仕至司徒，袭爵京陵侯。 ⑨调：嘲笑。 ⑩痴叔：王湛隐德，人莫能知。兄弟宗族，皆以为痴。 ⑪魏舒：字阳元，任城（今属山东）人。初为钟毓长史，累迁侍中、司徒。

洛中①雅雅②有三嘏：刘粹③字纯嘏，宏④字终嘏，漠⑤字冲嘏，是亲兄弟。王安丰甥⑥，并是王安丰女婿。宏，真长祖也。洛中铮铮⑦冯惠卿⑧，名荪，是播⑨子。荪与邢乔⑩，俱司徒李胤⑪外孙，及胤子顺⑫并知名。时称“冯才清，李才明，纯⑬粹⑭邢。”

①洛中：即洛阳。 ②雅雅：温文貌。 ③刘粹：晋沛国（今属安徽）人。历侍中、南中郎将。 ④宏：刘宏，历秘书监、光禄大夫。 ⑤漠：刘漠，与王衍友善。自相国右长史，出为襄州刺史。 ⑥王安丰甥：宋刘孝标注引《刘氏谱》云：“刘邠妻，武周女，生粹、宏漠，非王氏甥。” ⑦铮铮：刚正不阿

也。⑧冯惠卿：冯荪，字惠卿，西晋长乐（今河南安阳）人。仕至侍中。⑨播：冯播，字友声，位至大宗正。⑩邢乔：字曾伯，河间（今属河北）人。仕至司隶校尉。⑪李胤：字宣伯，辽东（今属辽宁）人。历官内外，位至司徒。⑫顺：李顺，字曼长，仕至太仆卿。⑬纯：中外皆善曰纯。⑭粹：不杂也。纯净。

赏誉第八下

庾子躬[1]有废疾，甚知名。家在城西，号曰：“城西公府[2]。”

①庾子躬：晋庾琮，字子躬，晋颍川（今河南许昌）人。太常庾峻之次子，仕至太尉掾。　②公府：三公之府。

王太尉云：“郭子玄语议如悬河写[1]水，注而不竭。”

①写：通“泻”。

王公[1]目太尉[2]：“岩岩[3]清峙[4]，壁立千仞。”

①王公：即王导。　②太尉：即王衍。　③岩岩：高峻貌。　④清峙：清，青也。去浊远秽，色如青也。峙，屹立。

蔡司徒[1]在洛，见陆机兄弟住参佐廨[2]中，三间瓦屋，士龙住东头，士衡住西头。士龙为人文弱可爱；士衡长七尺余，声作钟声，言多慷慨。

①蔡司徒：蔡谟，字道明，晋陈留（今属河南）人。平苏

峻，赐爵。　②廨（xiè）：掾属之官署也。

王敦为大将军，镇豫章。卫玠避乱，从洛投敦。相见欣然，谈话弥日。于时谢鲲为长史，敦谓鲲曰："不意永嘉[1]之中，复闻正始[2]之音。阿平[3]若在，当复绝倒[4]。"

①永嘉：晋怀帝年号。　②正始：魏废帝年号。　③阿平：即王澄，字平子。　④绝倒：倾倒、佩服之意。

何次道往丞相[1]许[2]，丞相以麈尾[3]指坐，呼何共坐，曰："来，来，此是君坐。"

①丞相：指王导。　②许：处所。　③麈（zhǔ）尾：魏晋时用的一种用具，兼有拂尘和凉扇的功用。

王蓝田[1]为人晚成，时人乃谓之痴。王丞相以其东海[2]子，辟[3]为掾（yuàn）。常集聚，王公每发言，众人竞赞之。述于末坐曰："主非尧舜，何得事事皆是？"丞相甚相叹赏。

①王蓝田：王述，字怀祖，晋太原（今属山西）人。袭爵蓝田侯。　②东海：即王承。曾任东海太守。　③辟（bì）：征召。

庾公为护军，属[1]桓廷尉[2]觅一佳吏，乃经年。桓后遇见徐宁[3]而知之，遂致于庾公，曰："人所应有，其不必有。人所应无，己不必无。真海岱[4]清士。"

①属（zhǔ）：嘱咐。　②桓廷尉：桓彝，字茂伦，东晋谯国（今属安徽）人。避乱渡江，累迁散骑常侍。　③徐宁：字安期，东海（今属山东）人。累迁吏部郎、左将军、江州刺史。　④海岱：东海至泰山一带。

世称"庾文康为丰年玉，穉恭为荒年谷"。庾家论云："是文康称恭为荒年谷，庾长仁[1]为丰年玉。"

①庾长仁：庾统，字长仁，太尉庾亮弟庾怿之子。仕至寻阳太守。

萧中郎[1]，孙丞公[2]妇父[3]，刘尹在抚军[4]坐，时拟为太常。刘尹云："萧祖周不知便可作三公[5]不？自此以还，无所不堪[6]。"

①萧中郎：萧轮，字祖周，东晋乐安（今属山东博兴）人。历常侍、国子博士。　②孙丞公：孙统，字丞公，孙绰之兄。③妇父：岳父。　④抚军：简文帝司马昱，时为抚军将军。⑤三公：太尉、司徒、司空的合称，为负责朝廷军政的最高官员。　⑥堪：胜任。

桓温行经王敦墓边过，望之云："可儿[1]！可儿！"

---

①可儿：犹可人。可爱的人，称人心意的人。

王仲祖称殷渊源："非以长胜人，处长[1]亦胜人。"

---

①处长：对待自己的长处。处：对待。

王长史[1]谓林公[2]："真长[3]可谓金玉满堂[4]。"林公曰："金玉满堂，复何为简选[5]？"王曰："非为简选，直[6]致言处自寡耳。"

---

①王长史：王濛。官至司徒左长史。　②林公：即支道林。　③真长：刘惔。字真长，善清谈。　④金玉满堂：语出《老子》。言刘惔之清谈丰富且多彩。　⑤简选：挑选。⑥直：只。

王仲祖、刘真长造[1]殷中军[2]谈，谈竟，俱载去。刘谓王曰："渊源真可。"王曰："卿故[3]堕其云雾中。"

---

①造：拜访。　②殷中军：殷浩，字渊源。　③故：确实。

殷中军道韩太常[1]曰："康伯少自标置[2]，居然是出群器。及其发言遣辞，往往有情致。"

---

①韩太常：韩伯，字康伯，晋颍川（今属河南）人。死后赠

刘尹云："见何次道饮酒，使人欲倾家酿[1]。"

---

①"见何次道"二句：何次道善饮酒，不失仪礼，故人喜与饮酒、畅谈。

谢镇西[1]道敬仁[2]："文学镞镞[3]，无能不新。"

---

①谢镇西：即谢尚。穆帝时，进号镇西将军。　②敬仁：即王修，字敬仁。　③镞镞（zúzú）：盖有挺出之义。挺拔出众。

刘尹道江道群[1]："不能言[2]而能不言"。

---

①江道群：江灌，字道群，陈留（今属河南）人。仕尚书中护军。　②言：清谈。

谢太傅重邓仆射[1]，常言："天地无知，使伯道无儿[2]。"

---

①邓仆射（yè）：邓攸，字伯道，平阳人。避难渡江，仕至尚书、左仆射。　②"天地无知"二句：邓攸避难于道中，弃己子，全弟子，后无继嗣。

范豫章[1]谓王荆州[2]："卿风流[3]俊望，真后来之秀。"王曰："不有此舅，焉有此甥[4]？"

---

①范豫章：范宁，曾任豫章太守。　②王荆州：即王忱，

曾任荆州刺史。　　③风流：品格不凡。指人的仪容俊美，气度不凡。　　④“不有此舅”二句：范宁之妹为王忱之母，范宁为王忱之舅父。

司马太傅[①]为二王[②]目[③]曰：“孝伯[④]亭亭[⑤]直上，阿大[⑥]罗罗[⑦]清疏。”

---

①司马太傅：司马道子，简文帝子。孝武帝时领太子太傅。②二王：王恭、王忱。　　③目：评价。　　④孝伯：即王恭，字孝伯。　　⑤亭亭：耸立貌。　　⑥阿大：即王忱，小字佛大。　　⑦罗罗：清疏之貌。

王恭有清辞简旨，能叙说而读书少，颇有重出[①]。有人道：“孝伯[②]常有新意，不觉为烦[③]。”

---

①重（chóng）出：重复出现。　　②孝伯：王恭，字孝伯。③不觉为烦：言王恭的言谈虽有重复，但常有新意，令人不以为烦。

品藻第九

庞士元至吴①，吴人并友之。见陆绩②、顾劭③、全琮④，而为之目曰："陆子所谓驽马有逸足⑤之用，顾子所谓驽牛可以负重致远。"或问："如所目⑥，陆为胜邪？"曰："驽马虽精速，能致一人耳。驽牛一日行百里，所致岂一人哉。"吴人无以难⑦。"全子好（hào）声名，似汝南樊子昭⑧。"

①庞士元至吴：庞士元（即庞统）为周瑜功曹，瑜卒，送丧至吴。　②陆绩：字公纪，三国吴吴郡（今江苏苏州）人。仕到郁林太守。　③顾劭：字孝则，吴郡人。起家为豫章太守。④全琮：字子璜，吴郡人。为大司马。　⑤逸足：疾足也。⑥目：评价。　⑦难（nàn）：反驳。　⑧樊子昭：东汉末名士，年至七十，通能守静，进不苟竞。

顾劭尝与庞士元宿语，问曰："闻子名知人，吾与足下孰愈？"曰："陶冶①世俗，与时浮沉②，吾不如子。论王霸之余策③，览倚伏之要害④，吾似有一日之长（cháng）。"劭亦安⑤其言。

①陶冶：化育裁成之义。　②浮沉：活泼而不固执，善于变化。　③余策：先人留遗之策略。　④倚伏：语出《老子》："祸兮福所倚，福兮祸之所伏。"祸福相依。要害：在我为要，在敌为害也。　⑤安：妥当。

诸葛瑾[①]弟亮及从弟诞[②]，并有盛名，各在一国。于时以为"蜀得其龙，吴得其虎，魏得其狗"。诞在魏，与夏侯玄齐名。瑾在吴，吴朝服其弘量。

①诸葛瑾：字子瑜，琅邪（今属山东）人。瑾仕于吴，累迁豫州牧。　②诞：诸葛诞，字公休，初为吏部郎，累迁扬州刺史、镇东将军、司空。

司马文王[①]问武陔[②]："陈玄伯[③]何如其父司空[④]？"陔曰："通雅博畅，能以天下声教[⑤]为己任者，不如也。明练简至，立功立事，过之。"

①司马文王：司马昭，为晋王，死后谥文，因称文王。②武陔（gāi）：字元夏，沛国（今属安徽）人。魏光禄大夫武周之子。仕至左仆射。　③陈玄伯：即陈泰，字玄伯。　④司空：陈泰之父陈群。　⑤声教：天子之声威文教也。

正始中，人士比论[①]，以五荀方[②]五陈：荀淑方陈寔，荀靖方陈谌，荀爽方陈纪，荀彧方陈群，荀顗[③]方陈泰。又以八裴方八王：裴徽[4]方王祥，裴楷方王夷甫，裴康[5]方王绥[6]，裴绰[7]方王澄，裴瓒[8]方王敦，裴遐[9]方王导，裴頠（wěi）方王戎，裴邈[10]方王玄[11]。

---

①“正始”二句：正始，为魏废帝之年号。裴、王诸人之事迹，多在晋代。当正始时，有年尚幼稚者。当非同时之比论（lùn）也。　②方：比较。　③荀颉：字景倩，荀彧之子。晋受禅，封临淮公，转太尉。卒，谥康公。　④裴徽：字文季，河东（今属山西）人。仕至冀州刺史。　⑤裴康：字仲豫，裴徽之子。历太子左率。　⑥王绥：晋有两王绥。一为仆射（yè）王愉之子，字彦猷，位至中书令。一为安丰侯王戎之子，字万子，辟太尉掾不就，年十九卒。　⑦裴绰：字仲舒，裴楷之弟，历中书黄门侍郎。　⑧裴瓒：字国宝，裴楷之子，终中书郎。　⑨裴遐：字叔道，河东（今属山西）人。长水校尉裴纬之子，辟司空掾、散骑郎。　⑩裴邈：字景声，河东人。历太傅从事中郎、左司马。　⑪王玄：字眉子，太尉王衍之子，为陈留太守。

王夷甫[1]以王东海[2]比乐令[3]，故王中郎[4]作碑[5]云：“当时标榜[6]，为乐广之俪[7]。”

---

①王夷甫：王衍。　②王东海：王承，曾任东海太守。　③乐令：乐广，字彦辅，晋南阳人（今属河南），代王戎为尚书令，故称“乐令”。　④王中郎：即王坦之。孝武帝时为北中

郎将。　⑤碑：王承墓碑。　⑥标榜：表暴而称扬之也。⑦俪：偶也。并列的。

王大将军下[①]，庾公问："闻卿有四友，何者是？"答曰："君家中郎[②]，我家太尉[③]、阿平，胡毋彦国。阿平故当最劣。"庾曰："似未肯劣。"庾又问："何者居其右？"王曰："自有人。"又问："何者是？"王曰："噫[④]！其自有公论。"左右蹑（niè）公，公乃止。

①下：从长江之上游而下也。　②中郎：即庾敳（ái）。③太尉：即王衍，官至太尉。　④噫：叹声。

明帝[①]问谢鲲："君自谓何如庾亮？"答曰："端委[②]庙堂，使百官[③]准则，臣不如亮。一丘一壑[④]，自谓过之。"

①明帝：晋明帝司马绍。　②端委：古代礼服，礼衣也。礼衣端正无杀，故曰端。文德之衣尚褒长，故曰委。　③官：一作"僚"。④丘、壑：隐者所处之地也。

宋祎[①]曾为王大将军[②]妾，后属[③]谢镇西[④]。镇西问祎："我何如王？"答曰："王比使君[⑤]，田舍、贵人[⑥]耳。"镇西妖冶[⑦]故也。

①宋祎（huī）：一作"宋袆（yī）"。明王世懋补注云："宋祎是绿珠女弟。"　②王大将军：王敦。　③属：从

也。　④谢镇西：即谢尚，曾任镇西大将军。　⑤使君：古称刺史曰使君。凡奉使之官，亦以使君称之。　⑥田舍、贵人：言王敦与谢尚犹如乡巴佬与贵人之差别。　⑦妖：艳也。冶：装饰也。

世论温太真[①]是过江[②]第二流[③]之高者。时名辈共说人物，第一[④]将尽之间，温[⑤]常失色。

---

①温太真：即温峤，字太真。　②过江：晋室东迁，士大夫多渡江而至建业也。　③第二流：犹言第二等。　④第一：第一等人物。　⑤温：指温峤。

何次道[①]为宰相，人有讥其信任不得其人。阮思旷[②]慨然曰："次道自不至此。但布衣超居宰相之位，可恨唯此一条而已。"

---

①何次道：即何充，字次道。　②阮思旷：即阮裕，字思旷。

时人道阮思旷："骨气不及右军[①]，简秀不如真长[②]，韶润[③]不如仲祖[④]，思致[⑤]不如渊源[⑥]，而兼有诸人之美。"

---

①右军：即王羲之。　②真长：刘惔（tán）。　③韶润：韶美、润饰也。　④仲祖：王濛。　⑤致：密致也。⑥渊源：殷浩，字渊源。

殷侯[①]既废[②]，桓公[③]语诸人曰："少时与渊源共骑竹马。我弃去，己[④]辄取之。故当出我下。"

---

①殷侯：即殷浩。　②废：桓温忌浩，因浩兵败，奏废为庶人。　③桓公：桓温。　④己：他。

谢公与时贤共赏说，遏、胡儿[①]并在坐。公问李弘度[②]曰："卿家平阳[③]，何如乐令？"于是李潸然流涕曰："赵王篡逆[④]，乐令亲授玺绶[⑤]。亡伯雅正，耻处乱朝，遂至仰药，恐难以相比。此自显于事实，非私亲之言。"谢公语胡儿曰："有识者果不异人意。"

---

①遏、胡儿：谢玄与谢朗。　②李弘度：即李充，字弘度。　③平阳：李重，字茂曾，江夏钟武（今河南信阳）人。历吏部郎、平阳太守。　④赵王篡逆：惠帝永宁元年，赵王司马伦黜惠帝，自称帝。　⑤玺（xǐ）绶：天子之印章及组绶。

王修龄[①]问王长史[②]："我家临川[③]，何如卿家宛陵[④]？"长史未答。修龄曰："临川誉贵。"长史曰："宛陵未为不贵。"

---

①王修龄：即王胡之。　②王长史：王濛。　③临川：王羲之曾任临川太守。　④宛陵：王述从骠骑功曹出为宛陵令。

刘尹至王长史许清言，时苟子[①]年十三，倚床边听。既去，问父曰："刘尹语何如尊[②]？"长史曰："韶音[③]令辞。不如我，往辄破的[④]胜我。"

①苟子：王修，小字苟子，王濛子。　②尊：君父之称也。　③韶音：音如舜乐之韶之美善也。　④破的：谓射中靶心也。以喻言之中理也。

有人问谢安石、王坦之优劣于桓公，桓公停[①]欲言，中悔。曰："卿喜传人语，不能复语卿。"

①停：正要。

孙兴公、许玄度皆一时名流[①]。或重许高情，则鄙孙秽行[②]。或爱孙才藻，而无取于许。

①名流：名士之流也。人之类别，如水之分流也。　②孙秽行：《晋书·孙绰传》中未载绰之秽行。

王僧恩[①]轻林公，蓝田[②]曰："勿学汝兄[③]，汝兄自不如伊。"

①王僧恩：王祎之，字文邵，小字僧恩，王述之次子，仕至中书郎。　②蓝田：即王述。　③汝兄：王述之长子王坦之也。

庾道季[1]云："廉颇、蔺相如虽千载上死人，懔懔[2]恒如有生气。曹蜍[3]、李志[4]虽见在，厌厌[5]如九泉下人。人皆如此，便可结绳而治[6]，但恐狐狸猯[7]狢[8]啖尽。"

---

①庾道季：庾龢，字道季，太尉庾亮之子，历任至丹阳尹，兼中领军。 ②懔懔：敬畏也。 ③曹蜍：曹茂之，字永世，小字蜍，彭城（今江苏徐州）人。仕至尚书郎。 ④李志：字温祖，江夏（今属河南）人。仕至员外常侍、南康相。⑤厌厌（yàn yàn）：萎靡不振的样子。 ⑥结绳而治：上古未有文字时，结绳以记事也。 ⑦猯（tuān）：本作"貒"，野猪也。 ⑧狢（hé）：本作"貈"，亦作"貉"，似狸。

王黄门[1]兄弟三人俱诣谢公。子猷、子重[2]多说俗事，子敬[3]寒温而已。既出，坐客问谢公："向三贤孰愈"。谢公曰："小者最胜。"客曰："何以知之？"谢公曰："吉人之辞寡，躁人之辞多[4]，推此知之。"

---

①王黄门：王徽之，字子猷，晋王羲之之第五子，仕至黄门侍郎。 ②子重：王操之，字子重，王羲之之第六子，历秘书临、侍中、尚书、豫章太守。 ③子敬：王献之，字子敬，王羲之之第七子，任至中书令。 ④"吉人"二句：见《易·辞》。

谢公问王子敬："君书何如君家尊？"答曰："固当不

同。”公曰：“外人论殊不尔。”王曰：“外人那得知。”

王子猷、子敬兄弟共赏《高士传》①人及赞，子敬赏“井丹高洁②”。子猷云：“未若长卿慢世③。”

①《高士传》：有二种，一为嵇康撰，一为皇甫谧撰。王徽之、献之所赏之《高士传》，乃嵇康所撰。　②井丹高洁：井丹，字大春，扶风（今属陕西）人。《高士传》赞曰：“井丹高洁，不慕荣贵。”　③长卿慢世：长卿，司马相如，字长卿，汉成都（今属四川）人。《高士传》赞曰：“长卿慢世，越礼自放。”

有人问袁侍中①曰：“殷仲堪何如韩康伯②？”答曰：“理义所得优劣，乃复未辨。然门庭萧寂，居然有名士风流，殷不及韩。”故殷作诔（lěi）云：“荆门昼掩，闲庭晏然。”

①袁侍中：袁恪（kè）之，字元祖，晋陈郡人。仕黄门侍郎，安帝义熙初为侍中。　②韩康伯：即韩伯。

桓玄为太傅，大会，朝臣毕集。坐裁竟，问王桢之①曰：“我何如卿第七叔②？”于时宾客为之咽气，王徐徐答曰：“亡叔是一时之标③，公是千载之英④。”一坐欢然。

①王桢之：字公幹，晋琅邪（今属山东）人。王徽之之子，

历侍中、大司马长史。　②七叔：王献之为王桢之七叔。
③标：表也。楷模。　④英：俊选之尤者。

桓玄问刘太常[①]曰："我何如谢太傅？"刘答曰："公高，太傅深。"又曰："何如贤舅子敬？"答曰："樝（zhā）梨橘柚，各有其美。"

---

①刘太常：刘瑾，字仲璋，晋南阳（今属河南）人。历尚书太常卿。

规箴第十

汉武帝[①]乳母尝于外犯事，帝欲申宪[②]，乳母求救东方朔[③]。朔曰："此非唇舌所争。尔必望济者，将去时，但当屡顾帝，慎勿言。此或可万一冀耳。"乳母既至，朔亦侍侧，因谓曰："汝痴耳！帝岂复忆汝乳哺时恩邪。"帝虽才雄心忍，亦深有情恋，乃凄然愍（mǐn）之，即敕免罪。

---

①汉武帝：名彻。景帝之子，在位五十四年。　②申宪：绳之以法。　③东方朔：字曼倩，平原厌次（今山东惠民东北）人，或作南阳步广里人，或以朔为楚人。武帝时，拜郎中。宣帝初，弃官而去。《史记·滑稽传》载救此乳母者，为帝所幸倡郭舍人。

京房[①]与汉元帝[②]共论，因问帝："幽[③]、厉[④]之君何以亡？所任何人？"答曰："其任人不忠。"房曰："知不忠而任之，何邪？"曰："亡国之君，各贤其臣，岂知不忠而任之？"房稽首曰："将恐今之视古，亦犹后之视今也。"

---

①京房：字君明，东郡顿丘（今河南清丰西南）人。初元四

年以孝廉为郎。　②元帝：汉元帝，名奭，宣帝之子，在位十六年。　③幽：周幽王，名宫涅，宣王之子。在位十一年，为犬戎所杀。　④厉：周厉王，名胡，夷王之子。在位三十七年，出居于彘。

孙皓问丞相陆凯①曰："卿一宗在朝有几人？"陆曰："二相、五侯、将军十余人。"皓曰："盛哉！"陆曰："君贤臣忠，国之盛也；父慈子孝，家之盛也。今政荒民弊，覆亡是惧，臣何敢言盛！"

---

①陆凯：字敬风，吴丞相陆逊之族子，初为建忠校尉，累迁左丞相。

何晏、邓飏（yáng）令管辂①作卦，云："不知位至三公不？"卦成，辂称引古义，深以戒之。飏曰："此老生之常谈②。"晏曰："知几其神乎③，古人以为难；交疏吐诚，今人以为难。今君一面尽二难之道，可谓'明德惟馨'④。《诗》不云乎：'中心藏之，何日忘之'⑤。"

---

①管辂（lù）：字公明，魏平原（今属山东）人。明《周易》，善卜筮。　②老生之常谈：谓老年书生平常之议论，不足深信也。　③知几其神乎：此《周易·系辞》也。疏云："知几其神乎者，神道微妙，寂然不测。人若能豫知事之几微，则能与其神道合会也。"　④明德惟馨：《书·君陈》篇文

也。疏云："明德之所远及，乃惟为馨香耳。" ⑤"中心"二句：《诗经·小雅·隰桑》卒章之句也。郑笺云："藏，善也。我心善此君子，又诚不能忘也。"

晋武帝既不悟太子①之愚，必有传后意，诸名臣亦多献直言②。帝尝在陵云台③上坐，卫瓘④在侧，欲申其怀，因如醉跪帝前，以手抚床曰："此坐可惜！"帝虽悟，因笑曰："公醉邪？"

①太子：惠帝为武帝之次子，泰始三年，立为皇太子。②"诸名臣"句：惠帝之为太子，咸谓不能亲政事。 ③陵云台：高台名。 ④卫瓘（guàn）：字伯玉，安邑（今山西运城）人。善草书，官至太保，追封兰陵郡公。

王夷甫妇，郭泰宁①女。才拙而性刚，聚敛②无厌，干豫人事③。夷甫患之而不能禁。时其乡人幽州④刺史李阳⑤，京都大侠⑥，犹汉之楼护⑦，郭氏惮之。夷甫骤谏之，乃曰："非但我言卿不可，李阳亦谓卿不可。"郭氏为之小损。

①郭泰宁：郭豫，字泰宁，晋太原（今属山西）人。仕至相国参军。 ②聚敛：聚，积也；敛，收也。 ③干豫人事：干涉他人之事。 ④幽州：晋幽州治涿，即今河北涿州。⑤李阳：字景祖，高平（今属山东）人。武帝时为幽州刺史。⑥大侠：好任侠为同党所推重者。 ⑦楼护：字君卿，齐人。仕至天水太守。

王夷甫雅尚玄远，常嫉其妇贪浊，口未尝言“钱”字。妇欲试之，令婢以钱绕床，不得行。夷甫晨起，见钱阂[①]行，呼婢曰：“举却阿堵[②]物。”

①阂（hé）：隔也。　②阿（ē）堵：六朝俗语。犹今言“这个”。

王平子[①]年十四五，见王夷甫妻郭氏贪欲，令婢路上儋[②]粪。平子谏之，并言不可。郭大怒，谓平子曰：“昔夫人[③]临终，以小郎嘱[④]新妇，不以新妇嘱小郎。”急捉衣裾[⑤]，将与杖。平子饶力[⑥]，争得脱，逾窗而走。

①王平子：即王澄，王夷甫之弟也。　②儋（dān）：“担”的古体字。　③夫人：澄之母，乐安任氏女也。　④嘱：托付。　⑤裾：衣裳也，即今俗所谓大襟。　⑥饶力：多力也。

陆玩拜司空，有人诣之，索美酒，得，便自起，泻着梁柱间地，祝曰：“当今乏才，以尔为柱石之用，莫倾人栋梁。”玩笑曰：“戢[①]卿良箴。”

①戢（jí）：收藏。

小庾在荆州，公朝大会，问诸僚佐曰：“我欲为汉高、魏武[①]，何如？”一坐莫答。长史江虨[2]曰：“愿明公为桓、文[3]之事，不愿作汉高、魏武也。”

①欲为汉高、魏武：欲效刘邦、曹操以智力取天下也。②江虨（bīn）：字思玄，晋陈留（今属河南）人。累迁尚书左仆射、护军将军。③桓、文：齐桓公，名小白。晋文公，名重耳。二公皆诸侯盟主，攘夷狄以尊周室者。

远公在庐山中，虽老，讲论不辍。弟子中或有堕[1]者。远公曰：“桑榆之光[2]，理无远照，但愿朝阳之晖[3]与时并明耳。”执经登坐，讽诵朗畅，词色甚苦，高足之徒[4]，皆肃然增敬。

①堕：与“惰”通。懈怠。②桑榆之光：日落之时，其光尚留于桑榆之上。以喻人之晚年也。③朝阳之晖：人当少年时，如日初出之光也。④高足之徒：生徒中之程度过人者。

桓玄欲以谢太傅宅为营，谢混[1]曰：“召伯[2]之仁，犹惠及甘棠[3]。文靖[4]之德，更不保五亩之宅？”玄惭而止。

①谢混：字叔源，小字益寿，谢安之孙。历中书令中领军、尚书左仆射。②召伯：姬姓，名奭（shì）。食采于召，作上公，为二伯。③甘棠：周武王之时，召公为西伯。行政于南土，决讼于小棠之下，国人爱召伯而敬其树。④文靖：谢安谥曰文靖。

捷悟第十一

杨德祖[①]为魏武主簿，时作相国门，始构榱桷[②]。魏武自出看，使人题门作“活”字，便去。杨见，即令坏之。既竟，曰：“‘门’中‘活’，‘阔’字，王正嫌门大也。”

①杨德祖：杨修，字德祖，弘农（今属陕西灵宝）人。魏武为丞相，辟为主簿。　②榱桷（cuī jué）：屋椽也。

人饷魏武一杯酪（lào）[①]，魏武啖（dàn）少许，盖头上题“合”字以示众，众莫能解。次至杨修，修便啖，曰：“公教人啖一口也[②]，复何疑？”

①酪：用牛、羊或马的乳汁制成的半凝固食品。　②人啖一口：隶书“合”字，拆开为“人一口”。

魏武尝过曹娥碑[①]下，杨修从。碑背上见题作“黄绢幼妇，外孙齑（jī）臼”八字，魏武谓修曰：“解不（fǒu）？”答曰：“解。”魏武曰：“卿未可言，待我思之。”行三十里，魏武乃曰：“吾已得。”令修别记所知。

修曰："黄绢，色丝也，于字为'绝'；幼妇，少女也，于字为'妙'；外孙，女子也，于字为'好'；齑臼，受辛也，于字为'辞'。所谓'绝妙好辞'也。"魏武亦记之，与修同。乃叹曰："我才不及卿，乃觉三十里。"

---

①曹娥：曹盱（xū），汉上虞（今属浙江）人。有女曹娥。盱死于江，不得其尸。时娥年十四，觅父尸，自投于江而死。经五日抱父尸出。县长度尚，悲怜其义，为之改葬。命其弟子作碑，以表其孝。

夙惠第十二

宾客诣陈太丘宿，太丘使元方、季方炊。客与太丘论议，二人进火，俱委而窃听。炊忘箸箄①，饭落釜中。太丘问："炊何不馏②？"元方、季方长跪曰："大人与客语，乃俱窃听，炊忘箸箄，饭今成糜。"太丘曰："尔颇有所识不？"对曰："仿佛志之。"二子俱说，更相易夺，言无遗失。太丘曰："如此，但糜自可，何必饭也。"

---

①箄（bì）：笼也。蒸食物用的竹屉子。　②馏：饭汽流也。

何晏七岁，明惠①若神，魏武奇爱之，因晏在宫内②，欲以为子。晏乃画地令方，自处其中。人问其故，答曰："何氏之庐也。"魏武知之，即遣还。

---

①惠：与"慧"通。聪慧。　②晏在宫内：晏之父早亡。曹操为司空时，纳晏母，晏随母在宫。

晋明帝数岁，坐元帝膝上。有人从长安①来，元帝问洛下②消息，潸然流涕。明帝问"何以致泣？"具以东渡③意告之。

因问明帝："汝意谓长安何如日远？"答曰："日远。不闻人从日边来，居然可知。"元帝异之。明日，集群臣宴会，告以此意，更重问之。乃答曰："日近。"元帝失色，曰："尔何故异昨日之言邪？"答曰。"举目见日，不见长安。"

---

①长安：即今陕西长安县。　②洛下：即洛阳。　③东渡：因中朝倾覆，乃国于江东也。

桓宣武薨，桓南郡年五岁，服始除，桓车骑[1]与送故文武别，因指语南郡："此皆汝家故吏佐。"玄应声恸哭，酸感傍人。车骑每自目己坐曰："灵宝[2]成人，当以此坐还之。"鞠[3]爱过于所生。

---

①桓车骑：桓冲，晋大司马桓温之弟。累迁车骑将军，都督七州诸军事。　②灵宝：桓玄小字灵宝。　③鞠：养也。

豪爽第十三

王处仲世许高尚之目①，尝荒恣于色，体为之敝，左右谏之，处仲曰："吾乃不觉尔。如此者甚易耳！"乃开后阁，驱诸婢妾数十人出路，任其所之，时人叹焉！

①"王处仲"句：王敦性简脱，口不言财。

王处仲每酒后，辄咏"老骥伏枥，志在千里。烈士暮年，壮心不已"①。以如意②打唾壶，壶口尽缺。

①"老骥伏枥"四句：魏武帝乐府诗之四句也。　②如意：器物名。出于印度，其端作手指形，亦有作心字形者。以骨角、竹木、玉石、铜铁等为之，长三尺许。记文于上，以备遗忘。兼有我国旱杖及笏之用。近世仿造如意，以为玩具。长不过一二尺，其端改作芝形云形。

桓公读《高士传》①，至於陵②仲子③，便掷去。曰："谁能作此溪刻④自处。"

①《高士传》：此皇甫谧所撰之《高士传》。　②於陵：

战国齐邑，汉置县，刘宋废。故城在山东邹平县西。城西有长白山，即陈仲子夫妇隐居之处。　③仲子：陈仲子，字子终，齐相齐戴之弟。以兄之禄与室为不义，辟兄离母，处于於陵。④溪刻：溪，与“谿”通，山渎无所通者。刻：削也。谓胸襟闭塞意见偏狭也。

王司州[①]在谢公坐，咏“入不言兮出不辞，乘回风兮载云旗[②]”。语人云：“当尔时，觉一坐无人。”

①王司州：即王胡之。　②“入不言兮”二句：《离骚·九歌》少司命之辞。首句言神往来奄忽，入不语言，出不决辞，其志难知也。次句言司命之去，乘风载云，其形貌不可得见。

容止第十四

魏武将见匈奴①使，自以形陋②，不足雄远国，使崔季珪③代，帝自捉刀立床头。既毕，令间谍④问曰："魏王何如？"匈奴使答曰："魏王雅望非常。然床头捉刀人，此乃英雄⑤也。"魏武闻之，追杀此使。

---

①匈奴：为北狄之一族，秦汉时最盛，领有今蒙古、内蒙古之地。后分南北，北匈奴为汉窦宪所破，远走西方。南匈奴归汉，杂居山西省之北部。魏时分为五部。　②形陋：曹操姿貌短小。　③崔季珪：魏崔琰，字季珪，清河人。眉目疏朗，须长四尺，甚有威重。　④间谍：伺敌间隙报告消息之人。　⑤英雄：草之精秀者为英，兽之拔群者为雄。

何平叔美姿仪，面至白。魏明帝疑其傅粉，正夏月，与热汤饼。既啖，大汗出，以朱衣自拭，色转皎然①。

---

①皎然：洁白的样子。

王夷甫容貌整丽，妙于谈玄。恒捉白玉柄麈（zhǔ）尾，与手都无分别。

潘安仁、夏侯湛并有美容，喜同行，时人谓之“连璧”。

有人语王戎曰：“嵇延祖[1]卓卓[2]如野鹤之在鸡群。”答曰：“君未见其父[3]耳。”

---

①嵇延祖：即嵇绍。　②卓卓：特立貌。　③其父：嵇康长七尺八寸，龙章凤姿，天质自然。

裴令公有俊[1]容仪，脱冠冕，粗服乱头皆好，时人以为“玉人”。见者曰：“见裴叔则如玉山上行，光映照人。”

---

①俊：卓特也。

骠骑王武子是卫玠之舅，俊爽有风姿。见玠，辄叹曰：“珠玉在侧，觉我形秽。”

有人诣王太尉，遇安丰、大将军、丞相在坐。往别屋，见季胤[1]、平子。还，语人曰：“今日之行，触目见琳[2]琅[2]珠玉。”

---

①季胤（yìn）：晋王诩，字季胤，琅邪（今属山东）人。王衍之弟，仕至修武令。　②琳：美石也。　③琅：琅玕，似

珠者。

王大将军称太尉："处众人中，似珠玉在瓦石间。"

王右军见杜弘治[1]，叹曰："面如凝脂，眼如点漆，此神仙中人。"时人有称王长史形者，蔡公[2]曰："恨诸人不见杜弘治耳！"

---

①杜弘治：晋杜乂（yì），字弘治，京兆人。仕丹阳丞，早卒。　②蔡公：即蔡谟。

刘尹道桓公："鬓如反猬[1]皮，眉如紫石棱。自是孙仲谋[2]、司马宣王一流人。"

---

①猬：刺猬。　②孙仲谋：吴孙权字仲谋，据有江东，称帝于建业，在位三十一年。

时人目王右军："飘如游云，矫若惊龙"。

王长史尝病，亲疏不通。林公来，守门人遽（jù）启之曰："一异人在门，不敢不启。"王笑曰："此必林公。"

海西[1]时，诸公每朝，朝堂犹暗。唯会稽王来，轩轩[2]如朝霞举。

①海西：晋废帝，名弈，字延龄，成帝之子。在位五年，桓温废帝为东海王。简文帝咸安二年，降封海西县公。　②轩轩：高举貌。

有人叹[1]王恭形茂[2]者，云："濯濯[3]如春月柳。"

①叹：称美曰叹。　②茂：美也。　③濯濯（zhuó）：肥泽貌。

自新第十五

周处[1]年少时，凶强侠气，为乡里所患。又义兴水中有蛟，山中有邅迹虎[2]，并皆暴犯百姓。义兴人谓为“三横”，而处尤剧[3]。或说（shuì）处杀虎斩蛟，实冀“三横”唯余其一。处即刺杀虎，又入水击蛟。蛟或浮或没，行数十里，处与之俱，经三日三夜，乡里皆谓已死，更相庆。竟杀蛟而出，闻里人相庆，始知为人情所患，有自改意。乃入吴寻二陆。平原[4]不在，正见清河[5]，具以情告。并云：“欲自修改，而年已蹉跎[6]，终无所成。”清河曰：“古人贵朝（zhāo）闻夕死[7]，况君前途尚可。且人患志之不立，亦何忧令名不彰邪？”处遂改励，终为忠臣孝子。

---

①周处：字子隐，晋义兴阳羡（今江苏宜兴）人。仕为御史中丞。氐人齐万年反，处力战，弦绝矢尽而没。　②邅（zhān）迹虎：梁刘孝标注引《孔氏志怪》曰：“邪足虎。”　③剧：甚也。　④平原：平原内史陆机。　⑤清河：清河内史陆云也。　⑥蹉跎：失时也。　⑦朝闻夕死：《论语·里仁》篇“子曰：朝闻道，夕死可矣。”宋朱熹云：“道者，事物当然之理。苟得闻之，则生顺死安，无复遗恨矣。”

戴渊[1]少时游侠，不治行检，尝在江淮间攻掠商旅。陆机赴假还洛，辎重甚盛。渊使少年掠劫，渊在岸上，据胡床[2]。指麾左右，皆得其宜。渊既神姿峰颖，虽处鄙事，神气犹异。机于船屋上遥谓之曰："卿才如此，亦复作劫邪？"渊便泣涕，投剑归机，辞厉[3]非常。机弥重之，定交，作笔荐焉[4]。过江，仕至征西将军。

①戴渊：字若思，晋广陵（今江苏淮阴）人，元帝之忠臣。王敦之参军吕猗，说敦收渊而害之。　②胡床：一种座具。③厉：严肃也。　④作笔荐焉：机荐渊于赵王伦。

企羡第十六

王右军得人以《兰亭集序》①方《金谷诗序》②，又以己敌石崇③，甚有欣色。

①《兰亭集序》：晋穆帝永和九年三月上巳日，王羲之与谢安、孙绰等，集于会稽山阴之兰亭。修禊赋诗，羲之作序纪其事，以蚕茧纸鼠须笔书之。　②《金谷诗序》：晋惠帝元康六年，石崇、苏绍等，在河南县界金谷涧中崇之别庐，共送征西大将军祭酒王诩还长安。游宴赋诗，其诗序为石崇所作。　③石崇：字季伦，小名齐奴，南皮人。司徒石苞之子。

王司州先为庾公记室参军，后取殷浩为长史。始到，庾公欲遣王使下都①。王自启求住，曰："下官希见盛德，渊源始至，犹贪与少日周旋②。"

①下都：东下入都也。　②周旋：相追逐也。

郗嘉宾得人以己比苻坚，大喜。

孟昶①未达时，家在京口。尝见王恭乘高舆，被（pī）

鹤氅裘。于时微雪，昶于篱间窥之，叹曰："此真神仙中人！"

---

①孟昶（chǎng）：字彦达，晋平昌（今山东安丘南）人。中护军孟馥之子，仕至丹阳尹。

伤逝第十七

王仲宣[1]好驴鸣，既葬，文帝临其丧，顾语同游曰：“王好驴鸣，可各作一声以送之。”赴客皆一作驴鸣。

---

①王仲宣：王粲，字仲宣，魏山阳（今属山东）人。祖龚，父畅，皆为汉三公。

孙子荆以有才少（shǎo）所推服，唯雅敬王武子。武子丧，时名士无不至者。子荆后来，临尸恸哭，宾客莫不垂涕。哭毕，向灵床曰：“卿常好我作驴鸣，今我为卿作。”体似真声，宾客皆笑。孙举头曰：“使君辈存，令此人死！”

有人哭和长舆曰：“峨峨[1]若千丈松崩。”

---

①峨峨：高貌。

卫洗马以永嘉六年丧[1]，谢鲲哭之，感动路人。咸和中[2]，丞相王公教[3]曰：“卫洗马当改葬。此君风流名士，海内所瞻，可修[4]薄祭，以敦旧好。”

①“卫洗（xiǎn）马”句：卫玠亡于晋怀帝永嘉六年六月二十日，葬于南昌。 ②咸和中：晋成帝时也。 ③教：谕告之词。 ④修：整备也。

顾彦先[1]平生好琴，及丧，家人常以琴置灵床上。张季鹰[2]往哭之，不胜其恸，遂径上床鼓琴，作数曲竟。抚琴曰：“顾彦先颇复赏此不（fǒu）？”因又大恸，遂不执孝子手而出。

①顾彦先：即顾荣。 ②张季鹰：晋张翰，字季鹰，吴大鸿胪张俨之子。齐王辟为东曹掾，以疾归，终于家。

庾亮儿[1]遭苏峻难（nàn），遇害。诸葛道明[2]女为庾儿妇，既寡，将（jiāng）改适[3]，与亮书及之。亮答曰：“贤女尚少，故其宜也。感念亡儿，若在初没。”

①庾亮儿：即庾会，小字阿恭。 ②诸葛道明：晋诸葛恢，字道明，琅邪人。累迁尚书令。 ③改适：改嫁江彪也。

庾文康亡，何扬州[1]临葬，云：“埋玉树着土中，使人情何能已已！”

①何扬州：即何充也。

戴公见林法师墓[①]，曰："德音未远，而拱[②]木已积。冀神理绵绵[③]，不与气运俱尽耳！"

---

①林法师墓：支遁殁于晋废帝太和元年，葬于剡之石城山。②拱：两手所围曰拱。　③绵绵：长不绝也。

王子猷、子敬俱病笃，而子敬先亡[①]。子猷问左右："何以都不闻消息[②]？此已丧矣。"语时了不悲。便索舆来奔丧，都不哭。子敬素好琴，便径入坐灵床上，取子敬琴弹，弦既不调，掷地云："子敬，子敬，人琴俱亡。"因恸绝良久，月余亦卒。

---

①子敬先亡：王献之卒于晋孝武帝太元十三年。　②消息：谓音信也。消谓减，息谓增。人事唯有吉凶善恶，故称音信为消息。

栖逸第十八

嵇康游于汲郡[①]山中，遇道士孙登[②]，遂与之游。康临去，登曰："君才则高矣，保身之道不足。"

①汲郡：即今河南汲县。 ②孙登：字公和，不知何许人。无家，住于汲郡北山土窟。

山公将去选曹，欲举嵇康[①]，康与书告绝[②]。

①欲举嵇康：山涛举嵇康自代也。 ②"康与"句：康作《绝交书》以"有必不堪者七甚不可者二"答之。

何骠骑（piào jì）弟[①]以高情避世，而骠骑劝之令仕，答曰："予第五之名，何必减骠骑？"

①何骠骑弟：晋何准，字幼道，庐江（今属安徽）人。何充之第五弟也。

阮光禄在东山，萧然无事，常内足于怀。有人以问王右军，右军曰："此君近不惊宠辱[①]。虽古之沉冥[②]，何以过此？”

---

①不惊宠辱：《老子》曰：“得之若惊，失之若惊，是谓宠辱若惊。” ②沉冥：犹玄寂，泯然无迹之貌。

孟万年[①]及弟少孤[②]，居武昌阳新县[③]。万年游宦，有盛名当世。少孤未尝出，京邑人士思欲见之。乃遣信报少孤云：“兄病笃。”狼狈至都。时贤见之者，莫不嗟重（zhòng）。因相谓曰：“少孤如此，万年可死。”

---

①孟万年：即孟嘉。 ②少孤：孟陋，字少孤，终身不仕。 ③阳新县：故城在今湖北阳新县西南六十里。

戴安道既厉操东山，而其兄[①]欲建式遏[②]之功。谢太傅曰：“卿兄弟志业，何其太殊？”戴曰：“下官不堪其忧，家弟不改其乐。”

---

①其兄：晋戴逯，字安丘，谯国人。以武勇显，封广陵侯。仕至大司农。 ②式遏：《诗经·大雅·民劳》五章，每章皆有式遏寇虐句。式，用也。遏，止也。寇虐，大恶也。止绝不为害民之事也。

范宣未尝入公门，韩康伯与同载。遂诱俱入郡，范便于车后趋下。

许掾好游山水，而体便登陟。时人云：“许非徒有胜情，实有济胜之具。”

郗尚书[1]与谢居士[2]善，常称：“谢庆绪识见虽不绝人，可以累心处都尽。”

---

①郗尚书：晋郗恢，字道胤，高平（今属山东）人。北中郎将郗昙之子。自太子左率，擢为雍州刺史。 ②谢居士：谢敷，字庆绪，会稽人。崇信释氏，以长斋供养为业。

贤媛第十九

陈婴[1]者，东阳[2]人。少修德行，著称乡党。秦末大乱，东阳人欲奉婴为主。母曰："不可。自我为汝家妇，少见贫贱，一旦富贵，不祥。不如以兵属人，事成，少受其利。不成，祸有所归。"

①陈婴：故东阳令史，后以兵属项梁，梁以婴为上柱国。②东阳：故城在今安徽天长县西北。

汉元帝宫人既多，乃令画工图之。欲有呼者，辄披图召之。其中常者，皆行货赂。王明君[1]姿容甚丽，志不苟求，工遂毁为其状。后匈奴来和，求美女于汉帝[2]。帝以明君充行。既召见而惜之，但名字已去，不欲中改，于是遂行。

①王明君：王嫱，字昭君，晋时避司马文王讳，称为明君。②汉帝：元帝竟宁元年，呼韩邪单于来朝，自言"愿婿汉氏以自亲"。

汉成帝[1]幸赵飞燕[2]，飞燕谗班婕妤[3]祝诅[4]。于是考问，辞曰："妾闻死生有命，富贵在天[5]。修善尚不蒙福，为邪欲以何望？若鬼神有知，不受邪佞之诉。若其无知，诉之何益？故不为也。"

①汉成帝：名骜，元帝之子，在位二十六年。　②赵飞燕：汉成帝官人。初学歌舞，以体轻号曰飞燕。先为婕妤，许后废，立为后。　③班婕妤（jié yú）：雁门人。选入宫，立为婕妤。后供养太后于长信宫。　④祝（zhòu）诅：以言告神谓之祝，请神加殃谓之诅。　⑤"死生"二句：《论语·颜渊》篇，子夏述闻于夫子之言也。

赵母[1]嫁女，女临去，敕之曰："慎勿为好！"女曰："不为好，可为恶邪？"母曰："好尚不可为，其况恶乎！"

①赵母：三国时，吴桐乡令东郡虞韪妻。颍川赵氏女也。

许允[1]妇，是阮卫尉[2]女，德如[3]妹，奇丑。交礼竟，允无复入理，家人深以为忧。会允有客至，妇令婢视之，还答曰："是桓郎。"桓郎者，桓范[4]也。妇云："无忧，桓必劝入。"桓果语许云："阮家既嫁丑女与卿，故当有意，卿宜察之。"许便回入内，既见妇，即欲出。妇料其此出无复入理，便捉裾停之。许因谓曰："妇有四德[5]，卿有其几？"妇曰："新妇所乏唯容尔。然士有百行[6]，君有几？”许云：“皆备。”妇曰：“夫百行以德为首，君好色不好德，何谓皆备？”允有惭色，遂相敬重。

①许允：字士宗，魏高阳（今属河北）人。仕至领军将军。②阮卫尉：阮共，字伯彦，尉氏人。仕魏，至卫尉卿。③德如：阮侃，字德如，阮共之少子，仕至河内太守。④桓范：字元则，魏沛郡（今属安徽）人。仕至大司农。⑤妇有四德：班昭女诫云：“女有四行。一曰妇德，二曰妇言，三曰妇容，四曰妇功。”⑥士有百行（xíng）：《诗经·卫风·氓》第三章，郑笺云：“士有百行，可以功过相除。”

许允为吏部郎，多用其乡里，魏明帝遣虎贲[1]收之。其妇出诫允曰：“明主可以理夺，难以情求。”既至，帝核问之，允对曰：“‘举尔所知’[2]，臣之乡人，臣所知也。陛下检校[3]，为称（chèn）职与不（fǒu），若不称职，臣受其罪。”既检校，皆官得其人，于是乃释。允衣服败坏，诏赐新衣。初，允被收，举家号哭。阮新妇自若。云：“勿忧，寻还。”作粟粥待。顷之，允至。

①虎贲（bēn）：官名。言如猛虎之奔，状其勇奋也。冠插两鹖毛，主宿卫。②举尔所知：《论语·子路》篇，仲弓问“焉知贤才而举之？”孔子告之曰：“举尔所知。”③检校：犹言查核也。

许允为晋景王所诛[1]，门生走入告其妇。妇正在机中，神色不变。曰："蚤知尔耳[2]。"门人欲藏其儿[3]，妇曰："无豫诸儿事。"后徙居墓所，景王遣钟会看之。若才流及父，当收。儿以咨母，母曰："汝等虽佳，才具不多，率胸怀与语，便无所忧。不须极哀，会止便止，又可少问朝事。"儿从之。会反，以状对，卒免。

---

①"许允"句：许允为镇北将军，有司奏允前擅以厨钱谷乞诸俳及其官属，减死徙边，道死。　②蚤知尔耳：早知道会如此。允之为镇北，喜谓其妻曰："吾知免矣。"妻曰："祸见于此，何免之有。"　③其儿：允长子名奇，字子太，后仕至尚书祠部郎。次子名猛，字子豹，后为幽州刺史。

王经[1]少贫苦，仕至二千石[2]。母语之曰："汝本寒家子，仕至二千石，此可以止乎？"经不能用。为尚书，助魏不忠于晋，被收[3]，涕泣辞母曰："不从母敕，以至今日。"母都无戚容，语之曰："为子则孝，为臣则忠。有孝有忠，何负吾邪。"

---

①王经：字彦纬，又字承宗，清河（今河北清河）人。仕魏为尚书。　②二千石（dàn）：汉时，内有九卿郎将，外至郡守尉，皆秩二千石。　③被收：魏帝曹髦将自出讨司马昭，经谏髦不听。王沈、王业驰告昭，经以正直不出，遂被昭杀之。

山公与嵇、阮①一面，契若金兰②。山妻韩氏，觉公与二人异于常交，问公，公曰："我当年可以为友者，唯此二生耳。"妻曰："负羁之妻，亦亲观狐、赵③。意欲窥之，可乎？"他日，二人来，妻劝公止之宿，具酒肉。夜穿墉④以视之，达旦忘反。公入，曰："二人何如？"妻曰："君才致殊不如，正当以识度相友耳。"公曰："伊辈亦常以我度为胜。"

①嵇、阮：嵇康、阮籍。　②契若金兰：《易·系辞》："二人同心，其利断金。同心之言，其臭如兰。"　③狐、赵：《春秋左氏传》鲁僖公二十三年，狐偃、赵衰（cuī）从晋公子重耳过曹。僖负羁之妻曰："吾观晋公子之从者，皆足以相国。"④墉：堂中北墙谓之墉。

王浑妻钟氏①，生女令淑，武子为妹求简美对而未得，有兵家子，有俊才，欲以妹妻之。乃白母，曰："诚是才者，其地可遗②。然要令我见。"武子乃令兵儿与群小杂处，使母帷中察之。既而，母谓武子曰："如此衣形者，是汝所拟者非邪？"武子曰："是也。"母曰："此才足以拔萃③。然地寒，不有长年，不得申其才用。观其形骨必不寿，不可与婚。"武子从之。兵儿数年果亡。

①钟氏：钟夫人，名琰（yǎn）之，太傅钟繇（yáo）之孙

女。　②可遗：言可勿论其地位也。　③拔萃：超拔乎众萃之中也。

王汝南[①]少无婚，自求郝普[②]女。司空[③]以其痴，会无婚处，任其意，便许之。既婚，果有令姿淑德。生东海[④]，遂为王氏母仪。或问汝南："何以知之？"曰："尝见井上取水，举动容止不失常，未尝忤（wǔ）观，以此知之。"

①王汝南：即王湛。　②郝普：字道匡，晋太原（今属山西）人。仕至洛阳太守。　③司空：王昶，字文舒，王湛之父。仕至司空。　④东海：即王承，历任东海太守。

王司徒妇，钟氏女，太傅曾孙，亦有俊才女德。钟、郝为娣姒[①]，雅相亲重。钟不以贵陵郝，郝亦不以贱下钟。东海家内，则郝夫人之法；京陵家内，范钟夫人之礼。

①娣姒（dì sì）：妯娌也。

陶公少有大志，家酷贫，与母湛氏[①]同居。同郡范逵[②]素知名，举孝廉，投侃宿。于时冰雪积日，侃室如悬磬[③]，而逵马仆甚多。侃母湛氏语侃曰："汝但出外留客，吾自为计。"湛头发委地，下[④]为二髲[⑤]。卖得数斛（hú）米，斫诸屋柱，悉割半为薪。剉[⑥]诸荐[⑦]以为马草。日夕遂设精食，从者皆无所乏。逵既叹其才辩，又深愧其厚意。明旦去，侃追送不已，且百里许。逵曰："路已远，君宜还。"侃犹不返。逵曰："卿可去矣，至洛阳，当相为美谈。"侃乃返。逵及洛，遂称之于羊晫[8]、顾荣诸人，大获美誉。

---

①湛氏：侃父丹，取新淦湛氏女，生侃。　②范逵：晋鄱阳（在今江西）人。史书无逵之他事迹，而逵能结交当世名流。陶公且赖以显达，逵必未为官而早卒也。　③室如悬磬：《春秋左氏传》僖公二十六年，杜预注云："居室而资粮悬罄。"④下：剪下也。　⑤髲（bì）：假发。　⑥剉（cuò）：斩截。　⑦荐：卧席。　⑧羊晫（zhuó）：侃州里也。《晋书》作"杨晫"，豫章国郎中令，后为十郡中正。

陶公少时作鱼梁吏[1]，尝以坩鲊[2]饷母。母封鲊付使，反书责侃曰："汝为吏，以官物见饷，非唯不益，乃增吾忧也。"

---

①鱼梁吏：管取鱼之梁之吏也。　②坩鲊（gān zhǎ）：坩，土器，如缸瓮之类。鲊，干鱼腊也。坩鲊，藏鲊于坩也。

桓宣武平蜀[1]，以李势[2]妹为妾，甚有宠，常着斋[3]后。主[4]始不知，既闻，与数十婢拔白刃袭之。正值李梳头，发委藉地，肤色玉曜，不为动容。徐曰："国破家亡，无心至此，今日若能见杀，乃是本怀。"主惭而退。

---

①桓宣武平蜀：晋穆帝永和三年，桓温伐蜀，取之。

②李势：字子仁，身长七尺九寸，腰带十四围，蜀李寿之长子。寿死，势嗣伪位。桓温率水军直指成都，势兵败归降，迁之扬州。　③斋：燕居之室曰斋。　④主：桓温之妻明帝女南康长公主。

桓车骑（jì）不好着新衣。浴后，妇[1]故送新衣与。车骑大怒，催使持去。妇更持还，传语云：“衣不经新，何由而故？”桓公大笑，着之。

---

①妇：桓冲妇，琅邪王恬女，字女宗。

王右军郗夫人谓二弟司空[1]、中郎[2]曰：“王家见二谢[3]，倾筐倒庋[4]。见汝辈来，平平尔。汝可无烦复往。”

---

①司空：晋郗愔，字方回，郗鉴之子。仕至司空，谥曰文穆。　②中郎：郗昙，字重熙，郗愔之弟。累迁丹阳尹，北中郎将，徐、兖二州刺史。　③二谢：谢安、谢万。　④庋（guī）：所以藏食物者。

郗嘉宾丧，妇[1]兄弟欲迎妹还，终不肯归。曰：“生纵不得与郗郎同室，死宁不同穴！”

---

①妇：郗超妇，汝南周闵女，名马头。

术解第二十

荀勖（xù）尝在晋武帝坐上食笋进饭。谓在坐人曰：“此是劳薪炊也。”坐者未之信，密遣问之，实用故车脚。

人有相①羊祜②父墓，后应出受命君。祜恶（wù）其言，遂掘断墓后，以坏其势。相者立视之，曰：“犹应出折臂三公。”俄而祜坠马折臂③，位果至公。

①相：看风水。　②羊祜：字叔子，晋南城（今山东费县西南）人。官至征西大将军。　③折臂：祜为襄阳郡都督时，因盘马落地，遂折臂。

晋明帝解①占冢宅。闻郭璞②为人葬，帝微服往看。因问主人：“何以葬龙角？此法当灭族！”主人曰：“郭云：‘此葬龙耳，不出三年，当致天子。’”帝问：“为是出天子邪？”答曰：“非出天子，能致③天子问④耳。”

①解：懂得。　②郭璞：字景纯，河东人。词赋为东晋之冠，妙于阴阳算历，洞五行、天文、卜筮之术。为王敦记室参

军，敦谋逆，为敦所害。　③致：得到，招致。　④问：询问。

王丞相[1]令郭璞试作一卦。卦成，郭意色甚恶[2]。云："公有震厄。"王问："有可消伏[3]理[4]不（fǒu）？"郭曰："命驾西出数里，得一柏树，截断如公长，置床上常寝处，灾可消矣。"王从其语，数日中，果震柏粉碎。子弟皆称庆，大将军[5]云："君乃复委罪于树木。"

①王丞相：王导。　②意色甚恶（wù）：脸上的神色很难看。　③消伏：消，灭也。伏，匿藏也。　④理：方法。　⑤大将军：王敦。

桓公有主簿善别酒[1]，有酒辄令先尝。好（hǎo）者谓"青州[2]从事"，恶（è）者谓"平原[3]督邮[4]"。青州有齐郡，平原有鬲县。"从事"言到脐，"督邮"言在鬲[5]上住。

①别酒：品酒。　②青州：统郡国六。齐国、济南郡、乐安国、城阳郡、东莱国、长广郡。大体指泰山以东至渤海的一片区域。　③平原：冀州平原国统平原、高唐、茌平、博平、聊城、安德、西平昌、般、鬲九县。今山东旧武定府及济南府之西部，北自乐陵，南至长清，皆是。　④督邮：官名。郡守之佐吏，主督察属县之愆尤者也。邮、尤同音假借。　⑤鬲：与"膈"通。在胸腔腹腔之间。

殷中军[1]妙解经[2]脉，中年都废。有常所给使[3]，忽叩头流血。浩问其故，云：“有死事。”终不可[4]说。诘问良久，乃云：“小人母年垂百岁，抱疾来久。若蒙官一脉，便有活理，讫就屠戮无恨[5]。”浩感其至性，遂令舁（yú）来。为诊脉处方，始服一剂汤便愈。于是悉焚经方[6]。

---

①殷中军：殷浩，曾任中军将军。　②经：脉之所行为经。医学旧说，以十二经分配脏腑。　③常所给使：平日当差的仆人。　④可：肯也。　⑤屠戮无恨：屠戮，杀害。殷浩的仆人请求当高官的主人看病，降低了主人的身份，有犯上不敬之罪，故言己愿受死。　⑥经方：《汉书·艺文志》，有经方十一家。凡言药剂疗治之法，皆属之，今其书多不传。殷浩因精通医术，而为奴仆求医治病，成为一累，故焚经方，以绝医道。

巧艺第二十一

陵云台[①]楼观精巧。先称平众木轻重，然后造构，乃无锱铢[②]相负[③]。揭[④]台虽高峻，常随风摇动，而初无倾倒之理。魏明帝登台，惧其势危，别以大材扶持之，楼即颓坏。论者谓“轻重力偏故也”。

①陵云台：魏文帝筑。楼栋至地十三丈五尺七寸五分。
②锱铢：六铢为锱。二十四铢为两。　③负：犹失也。
④揭：高貌。

韦仲将能书[①]。魏明帝起殿，欲安榜[②]，使仲将登梯题之[③]。既下，头鬓皓然。因敕儿孙勿复学书。

①韦仲将：韦诞，字仲将，京兆人。仕至光禄大夫。诞善楷书，魏宫观多诞所题。　②安榜：安设匾额。　③仲将登梯题之：明帝立陵霄观，去地二十五丈。误先钉榜，使诞就题，诞甚危惧。

钟会是荀济北[①]从舅[②]，二人情好不协[③]。荀有宝剑，可直百万，常在母钟夫人许。会善书，学荀手迹，作书与母取剑，仍窃去不还。荀勖知是钟，而无由得也，思所以报之。后钟兄弟[4]以千万起一宅，始成，甚精丽，未得移住。荀极善画，乃潜往画钟门堂，作太傅[5]形象。衣冠状貌如平生。二钟入门，便大感恸，宅遂空废。

---

①荀济北：即荀勖（xù）。　②从舅：堂舅。　③不协：不和协、感情不好。　④钟兄弟：钟毓、钟会。　⑤太傅：即钟繇。

羊长和[1]博学工书，能骑（jì）射，善围棋。诸羊后多知书[2]，而射、奕余艺莫逮。

---

①羊长和：羊忱，字长和，晋泰山（在今山东）人。汉太尉羊续之曾孙。历太傅长史、扬州刺史，迁侍中。晋怀帝永嘉五年，遭乱被害。　②“诸羊”句：泰山羊氏有羊欣长于草隶，羊固善草行。

戴安道就范宣学，视范所为：范读书亦读书，范抄书亦抄书。唯独好画，范以为无用，不宜劳思于此。戴乃画《南都赋》[1]图，范看毕咨嗟，甚以为有益，始重[2]画。

---

①《南都赋》：汉张衡作。南阳，汉之旧都，在东京之南，故曰南都。　②重（zhònɡ）：重视。

王中郎[1]以围棋是坐隐[2]。支公[3]以围棋为手谈[4]。

---

①王中郎：王坦之。　②坐隐：在座位上隐居。围棋之别称。　③支公：支道林。　④手谈：用手谈话。亦为围棋别称。

顾长康[1]画谢幼舆[2]在岩石里。人问其所以，顾曰："谢云：'一丘一壑，自谓过之。'此子宜置丘壑中。"

---

①顾长康：顾恺之，字长康，小字虎头，晋陵人。晋安帝义熙初，为散骑常侍。俗传"顾恺之有三绝：才绝、画绝、痴绝。"②谢幼舆：即谢鲲。

顾长康画人，或数年不点目精。人问其故，顾曰："四体[1]妍蚩[2]，本无关于妙处，传神写照，正在阿堵[3]中。"

---

①四体：二手与二足。　②妍蚩（yán chī）：美丑。蚩，同"媸"，丑。　③阿堵：这个。

顾长康道："画'手挥五弦'易，'目送归鸿[1]'难。"

---

①"手挥"二句："目送鸿归，手挥五弦。"乃嵇康《赠秀才入军》诗也。恺之每重嵇康四言诗，因为之作画。

宠礼第二十二

元帝正会[①]，引王丞相登御床[②]。王公固辞，中宗[③]引之弥苦[④]。王公曰："使太阳与万物同晖，臣下何以瞻仰。"

---

①正会：正月朝会。　②"引王丞相"句：扶着王导一同坐在皇帝的座榻上。　③中宗：元帝庙号。　④弥苦：愈加殷切。

王珣、郗超并有奇才，为大司马[①]所眷拔。珣为主簿，超为记室参军。超为人多髯，珣状短小。于时[②]荆州为之语曰："髯参军，短主簿，能令公喜，能令公怒。"

---

①大司马：桓温。　②于时：桓温为荆州刺史之时。

任诞第二十三

阮籍遭母丧，在晋文王[1]坐，进酒肉。司隶何曾[2]亦在坐，曰："明公方以孝治天下，而阮籍以重丧，显于公坐饮酒食肉。宜流[3]之海外，以正风教。"文王曰："嗣宗[4]毁顿[5]如此，君不能共忧之，何谓？且有疾而饮酒食肉[6]，固丧礼也！"籍饮啖不辍，神色自若。

---

①晋文王：司马昭，晋立后被追尊为文帝，史亦称文王。　②何曾：字颖考，阳夏（今河南太康）人。仕晋，至太宰。　③流：移其居处，若水流然。即流放。　④嗣宗：阮籍，字嗣宗。　⑤毁顿：身心疲惫。　⑥"且有疾"句：见《礼记·曲礼上》。

刘伶[1]病酒渴甚，从妇求酒。妇捐酒毁器，涕泣谏曰："君饮太过，非摄生之道，必宜断之。"伶曰："甚善，我不能自禁。唯当祝鬼神，自誓断之耳，便可具酒肉。"妇曰："敬闻命。"供酒肉于神前，请伶祝誓。伶跪而祝曰："天生刘伶，以酒为名，一饮一斛，五斗解酲[2]。妇人之言，慎不可听。"便引酒进肉，隗（wěi）然已醉矣。

---

①刘伶：字伯伦，沛国（在今安徽）人。仕晋为建威将军。
②酲（chéng）：喝醉了神志不清。

刘公荣[1]与人饮酒，杂秽非类[2]，人或讥之。答曰："胜公荣者，不可不与饮。不如公荣者，亦不可不与饮。是公荣辈者，又不可不与饮。故终日共饮而醉。"

---

①刘公荣：刘昶，字公荣，晋沛国（在今安徽）人。仕至兖州刺史。　②非类：不同身份地位的人。

刘伶尝纵酒放达。或脱衣裸形在屋中。人见讥之，伶曰："我以天地为栋宇，屋室为裈（kūn）[1]衣，诸君何为入我裈中！"

---

①裈：裤子。

阮籍嫂尝还家，籍见与别，或讥之[1]。籍曰："礼岂为我辈设也。"

---

①或讥之：《礼记·曲礼》："嫂叔不通问。"

阮公[1]邻家妇，有美色，当垆酤（gū）酒。阮与王安丰常从妇饮酒。阮醉，便眠其妇侧。夫始殊疑之，伺察终无他意。

①阮公：阮籍。

阮仲容①、步兵②居道南，诸阮居道北。北阮皆富，南阮贫。七月七日，北阮盛晒衣，皆纱罗锦绮③。仲容以竿挂大布犊鼻裈④于中庭。人或怪之，答曰："未能免俗⑤，聊复尔耳。"

①阮仲容：阮咸，字仲容，晋尉氏人。与叔父阮籍齐名，仕至散骑侍郎。　②步兵：即阮籍。　③绮：平纹底起花的丝织品。　④犊鼻裈：形如犊鼻之短裤，仅蔽膝以上者，佣保之服也。又膝以上二寸为犊鼻穴，言裤之长才至此也。　⑤未能免俗：七月七日晒衣，乃旧俗也。相传是日暴经书及衣裳，不蠹。

裴成公①妇，王戎女。王戎晨往裴许②，不通③，径前。裴从床南下，女从北下，相对作宾主，了无异色。

①裴成公：裴頠为赵王伦所害。惠帝反正，复頠官，改葬以卿礼，谥曰成。　②许：住所。　③不通：不经通报。

阮宣子常步行。以百钱挂杖头，至酒店，便独酣畅。虽当世贵盛①，不肯诣也。

①贵盛：达官贵人。

张季鹰纵任不拘，时人号为“江东步兵[①]”。或谓之曰：“卿乃可纵适一时，独不为身后名邪？”答曰：“使我有身后名，不如即时一杯酒！”

---

①步兵：谓其如步兵校尉阮籍倜傥不羁，嗜酒放荡。

贺司空[①]入洛赴命，为太孙舍人[②]。经吴阊门[③]，在船中弹琴。张季鹰本不相识，先在金阊亭[④]。闻弦甚清，下船就贺。因共语，便大相知说（yuè）。问贺，“卿欲何之？”贺曰：“入洛赴命，正尔进路。”张曰：“吾亦有事北京[⑤]。”因路寄载，便与贺同发。初不告家，家追问乃知。

---

①贺司空：贺循，字彦先，晋山阴（今浙江绍兴）人。元帝太兴二年，赠司空。　②太孙舍人：《晋书·贺循传》，作“太子舍人。”　③阊门：姑苏城门名。　④金阊亭：又名金昌亭，原名曰金伤亭。傍川带河，相传汉朱买臣为会稽内史，逢其迎吏，逆旅北舍。与买臣争席，买臣出其印绶，群吏惭服自裁。因事建亭，号曰金伤。刘宋时，徐羡之弑宋废帝于此亭。⑤北京：当时南方之人，称洛阳为北京。

祖车骑[①]过江时，公私俭薄，无好服玩。王、庾[②]诸公共就[③]祖，忽见裘袍重叠，珍饰盈列。诸公怪问之，祖曰：“昨夜复南塘[④]一出。”祖于时恒[⑤]自使健儿鼓行[⑥]劫钞。在事之人，亦容[7]而不问。

①祖车骑：祖逖，字士雅，晋范阳人。元帝时，为豫州刺史，赠车骑将军。 ②王、庾：王导、庾亮。 ③就：看望。 ④南塘：地名。 ⑤恒：常常。 ⑥健儿鼓行：让部下公开抢劫。 ⑦容：容忍。

鸿胪卿孔群[1]好饮酒。王丞相语云："卿何为恒饮酒？不见酒家覆瓿（bù）布，日月糜烂？"群曰："不尔，不见糟肉，乃更堪久。"群尝书与亲旧："今年田得七百斛（hú）秫米[2]，不了[3]曲糵（niè）事。"

①孔群：字敬休，一作敬林，晋山阴（今浙江绍兴）人。仕至御史中丞。 ②秫（shú）米：高粱。 ③不了：不能解决。

苏峻乱[1]，诸庾逃散。庾冰时为吴郡，单身奔亡。民吏皆去，唯郡卒独以小船载冰。出钱塘[2]口，籧篨[3]覆之。时峻赏募觅冰，属（zhǔ）所在搜检甚急。卒舍船市渚[4]，因饮酒醉还，舞棹向船曰："何处觅庾吴郡，此中便是。"冰大惶怖，然不敢动。监司[5]见船小装狭，谓卒狂醉，都不复疑。自送过淛[6]江，寄山阴[7]魏家，得免。后事平，冰欲报卒，适其所愿。卒曰："出自厮[8]下，不愿名器。少苦执鞭，恒患不得快饮酒。使其酒足余年毕矣。无所复须。"冰为起大舍，市奴婢，使门内有百斛酒，终其身。时谓“此卒非唯有智，且亦达生⑨”。

①苏峻乱：苏峻破建康，在晋成帝咸和二年。 ②钱塘：钱塘县境之江面为钱塘江，浙江之下游也。 ③篴篨（qú chú）：粗竹席也。 ④渚：水歧曰渚。 ⑤监司：司监察之官吏也。 ⑥淛：与“浙”通。浙者，折也。盖取其潮出海曲折而倒流也。 ⑦山阴：为浙江省之县名，今并入绍兴市。 ⑧厮：析薪养马者，即奴仆。 ⑨达生：对人生持达观态度。

殷洪乔①作豫章郡。临去，都下人因附百许函书。既至石头②，悉掷水中。因祝曰：“沉者自沉，浮者自浮。殷洪乔不能作致书邮。”

①殷洪乔：殷羡，字洪乔，晋陈郡（今在河南）人。 ②石头：山名，在今南京市西。

王长史①、谢仁祖②同为王公③掾（yuàn），长史云：“谢掾能作异舞④。”谢便起舞，神意甚暇⑤。王公熟视，谓客曰：“使人思安丰⑥。”

①王长史：王濛。 ②谢仁祖：谢尚。 ③王公：王导。 ④“谢掾”句：谢尚工鸲鹆舞。 ⑤暇：安适。 ⑥安丰：王戎，封安丰侯。

王子猷诣郗雍州[①]，雍州在内。见有毾㲪[②]，云："阿乞那得此物。"令左右送还家，郗出觅之。王曰："向有大力者负之而趋。"郗无忤色。

①郗雍州：即郗恢，小字阿乞。　②毾㲪（tà dēng）：毛毯。毾，一作"氉"。

张湛[①]好于斋前种松柏。时袁山松[②]出游，每好令左右作挽歌。时人谓："张屋下陈尸，袁道上行殡。"

①张湛：字处度，小字骥，晋高平（今山东鱼台）人。仕至中书郎。　②袁山松：陈郡（今属河南）人。历秘书监、吴国内史。

王子猷尝暂寄人空宅住，便令种竹。或问"暂住何烦尔？"王啸咏良久，直指竹曰："何可一日无此君？"

王子猷居山阴。夜大雪，眠觉，开室，命酌酒。四望皎然，因起彷徨，咏左思《招隐诗》[①]，忽忆戴安道[②]。时戴在剡（shàn），即便夜乘小舟就之。经宿[③]方至，造门不前而返。人问其故，王曰："吾本乘兴而行，兴尽而返，何必见戴？"

①左思《招隐诗》：见《文选》卷二十二。　②戴安道：

戴逵。　③经宿：经过一夜。

王子猷出都，尚在渚下。旧闻桓子野[①]善吹笛，而不相识。遇桓于岸上过，王在船中，客有识之者云："是桓子野。"王便令人与相闻，云："闻君善吹笛，试为我一奏。"桓时已贵显，素闻王名。即便回下车，踞胡床[②]，为作三调（diào）。弄毕，便上车去。客主不交一言。

---

①桓子野：桓伊，字叔夏，小字野王，晋谯国人。与谢玄共破苻（fú）坚，封永修县侯。为右军将军。　②胡床：一种坐具。

王孝伯[①]言："名士不必须奇才。但使常得无事，痛饮酒，熟读《离骚》[②]，便可称名士。"

---

①王孝伯：即王恭。　②《离骚》：战国时，楚大夫屈原所作。

简傲第二十四

晋文王[1]功德盛大。坐席严敬，拟于王者。唯阮籍在坐，箕踞[2]啸歌，酣放自若。

①晋文王：司马昭。　②箕踞：谓曲两脚形如箕也。

王戎弱冠诣阮籍，时刘公荣在坐。阮谓王曰："偶有二斗美酒，当与君共饮，彼公荣者无预[1]焉。"二人交觞（shāng）酬酢[2]，公荣遂不得一杯，而言语谈戏，三人无异。或有问之者，阮答曰："胜公荣者，不得不与饮酒。不如公荣者，不得不与饮酒。唯公荣可不与饮酒[3]。"

①无预：不干涉。　②酬酢（zuò）：主答客曰酬，客报主人曰酢。　③"胜公荣"五句：略变公荣之语，以戏公荣也。参阅本书《任诞》第三条。

钟士季[1]精有才理。先不识嵇康，钟要[2]于时贤俊之士，俱往寻康。康方大树下锻[3]，向子期[4]为佐鼓排[5]。康扬槌不辍，傍若无人，移时[6]不交一言。钟起去，康曰："何所闻而来？何所见而去？”钟曰：“闻所闻而来。见所见而去。”

①钟士季：即钟会。　②要（yāo）：会也。邀请。③锻：以金入火粹而捶之也。即打铁。　④向子期：即向秀。⑤排：吹火具也。　⑥移时：过了一会儿。

王平子出为荆州①，王太尉及时贤送者倾路。时庭中有大树，上有鹊巢。平子脱衣巾，径上树取鹊子。凉衣拘阂（hé）树枝，便复脱去②。得鹊子还下弄，神色自若，傍若无人。

①“王平子”句：晋惠帝时，太尉王衍以其弟王澄为荆州刺史。　②“凉衣”二句：脱去凉衣，则袒臂露胸，可谓放荡极矣。

王子猷①作桓车骑②骑（qí）兵参军。桓问曰：“卿何署③？”答曰：“不知何署，时见牵马来，似是马曹。”桓又问：“官有几马？”答曰：“不问马④，何由知其数？”又问：“马比⑤死多少？”答曰：“未知生，焉知死。”⑥

①王子猷：王徽之。　②桓车骑（jì）：桓冲。　③署：官署。此指部门。　④不问马：《论语·乡党》篇，厩焚。子退朝曰：“伤人乎？”不问马。　⑤比：近来。　⑥“未知生”二句：《论语·先进》篇，季路问死。子曰：“未知生，焉

知死。”

王子敬兄弟见郗公[1]，蹑（niè）履问讯，甚修外生[2]礼。及嘉宾死，皆着（zhuó）高屐，仪容轻慢。命坐，皆云：“有事，不暇坐。”既去，郗公慨然曰：“使嘉宾不死，鼠辈敢尔。”[3]

---

①郗公：即郗愔。　②外生：晋人称甥曰外生。王羲之为郗鉴之婿，郗愔与献之兄弟为舅甥。　③“使嘉宾”二句：言其子郗超若在，王氏兄弟畏其权势，不敢如此无礼也。

王子敬自会稽经吴，闻顾辟疆[1]有名园。先不识主人，径往其家。值顾方集宾友酣燕。而王游历既毕，指麾好（hào）恶（wù），傍若无人。顾勃然[2]不堪曰：“傲主人，非礼也。以贵骄人，非道也。失此二者，不足齿之伧[3]耳。”便驱其左右出门，王独在舆上，回转顾望，左右移时不至。然后令送着门外，怡然不屑[4]。

---

①顾辟疆：晋吴郡人。历郡功曹、平北参军。　②勃然：变色貌。　③伧（cāng）：鄙贱之称。　④不屑：凡遇事物，轻视不加意曰不屑。

排调第二十五

晋文帝与二陈[1]共车，过唤钟会同载，即驶车委去。比出[2]，已远。既至，因嘲[3]之曰："与人期行，何以迟迟，望卿遥遥[4]不至。"会答曰："矫然懿（yì）实，何必同群。[5]"帝复问会："皋（gāo）繇（yáo）何如人？"答曰："上不及尧、舜，下不逮周、孔，亦一时之懿士。"

---

①二陈：陈骞、陈泰。　②比（bì）出：等到钟会出来。③嘲：言相调也。　④遥遥：钟会之父名繇，晋文帝特以"遥遥"戏之也。　⑤"矫然"二句：陈骞之父名矫。司马昭之父名懿。陈泰之父名群，祖名实。故会以此报之。

钟毓为黄门郎，有机警。在景王坐燕饮，时陈群子玄伯[1]、武周[2]子元夏[3]同在坐，共嘲毓。景王曰："皋繇何如人？"对曰："古之懿士。"顾谓玄伯、元夏曰："君子周而不比[4]，群而不党[5]。"

---

①玄伯：即陈泰。　②武周：字伯南，魏沛国（在今安徽）人。仕至光禄大夫。　③元夏：武周之子，武陔。

④君子周而不比：见《论语·为政》篇孔安国注云："忠信为周，阿党为比。" ⑤群而不党：见《论语·卫灵公》篇。孔安国注云："党，助也。君子虽众，不相私助。"

嵇、阮、山、刘[①]在竹林酣饮，王戎后往。步兵曰："俗物已复来败人意[②]。"王笑曰："卿辈意，亦复可败邪？"

①嵇、阮、山、刘：嵇康、阮籍、阮咸、山涛、刘伶。②意：兴致。

晋武帝问孙皓："闻南人好作《尔汝歌》，颇能为不（fǒu）？"皓正饮酒，因举觞（shāng）劝帝而言曰："昔与汝为邻，今与汝为臣。上汝一杯酒，令汝寿万春。"帝悔之。

孙子荆年少时，欲隐。语王武子"当枕石漱流"，误曰"漱石枕流"。王曰："流可枕，石可漱乎？"孙曰："所以枕流，欲洗其耳[①]；所以漱石，欲砺其齿。"

①欲洗其耳：尧让天下于许由，许由不受。乃过清冷水，以水洗其耳。

陆太尉[①]诣王丞相[②]。王公食以酪，陆还，遂病。明日与王笺云："昨食酪小过[3]，通夜委顿。民虽吴人，几为伧鬼[4]。"

①陆太尉：即陆玩。　②王丞相：王导。　③小过：稍稍多了点儿。　④伧鬼：吴人谓中州人为伧。

元帝皇子生，普赐群臣。殷洪乔谢曰："皇子诞育，普天同庆。臣无勋焉，而猥[1]颁厚赉[2]。"中宗[3]笑曰："此事岂可使卿有勋邪？"

①猥：盛也。　②赉（lài）：赐也。　③中宗：晋元帝庙号。

诸葛令[1]、王丞相[2]共争姓族先后。王曰："何不言'葛王'，而云'王葛'？"令曰："譬言驴马，不言马驴，驴宁胜马邪？"

①诸葛令：即诸葛恢。　②王丞相：王导。

王丞相枕周伯仁膝。指其腹曰："卿此中何所有？"答曰："此中空洞无物，然容卿辈数百人。"

干宝[1]向刘真长叙[2]其《搜神记》[3]。刘曰："卿可谓鬼之董狐[4]。"

①干宝：字令升，晋新蔡（今河南新蔡）人。元帝时，以佐著作郎领国史，迁散骑常侍。 ②叙：陈述。 ③《搜神记》：撰集古今灵异神祇人物变化。今之传本，共二十卷。叙事古雅，斐然可观。 ④董狐：春秋时晋国史官，孔子称其为良史。

康僧渊[①]目深而鼻高，王丞相每调[②]之。僧渊曰："鼻者面之山，目者面之渊。山不高则不灵，渊不深则不清。"

①康僧渊：梁刘孝标疑其是胡人。 ②调（tiáo）：嘲笑。

褚季野问孙盛[①]："卿国史[②]何当成？"孙云："久应竟[③]。在公无暇，故至今日。"褚曰："古人述而不作[④]，何必在蚕室[⑤]中。"

①孙盛：字安国，晋太原（今属山西）人。起家佐著作郎，累迁至秘书监，加给事中。 ②国史：孙盛著《晋阳春秋》，词直而理正，咸称良史。 ③竟：完成。 ④"古人"句：见《论语·述而》篇。朱熹注云："述，传旧而已。作，则创始也。作非圣人不能，而述则贤者可及。" ⑤蚕室：汉司马迁受腐刑著《史记》。腐刑者，作密室蓄火时如蚕室。

谢公[①]在东山。朝（cháo）命屡降而不动，后出为桓宣武[②]

司马。将发新亭[3]，朝（cháo）士咸出瞻送。高灵[4]时为中丞，亦往相祖[5]。先时，多少饮酒，因倚如醉。戏曰："卿屡违朝旨，高卧东山，诸人每相与言：'安石不肯出，将如苍生何[6]。'今亦苍生将如卿何。"谢笑而不答。

①谢公：谢安。　②桓宣武：桓温。　③新亭：一名劳劳亭，亦名临沧观。吴时筑。在今江苏江宁县南。东晋初，诸名士每游宴于此亭。　④高灵：高崧，字茂琰，小字阿灵，晋广陵（今江苏江都）人。初为何充之主簿，累迁至侍中。　⑤祖：出行之时，祭路神曰祖。后遂以饯行为祖。　⑥如……何：把……怎么办?

王、刘[1]每不重[2]蔡公。二人尝诣蔡语，良久，乃问蔡曰："公自言何如夷甫[3]？"答曰："身[4]不如夷甫。"王、刘相目而笑曰："公何处不如？"答曰："夷甫无君辈客。"

①王、刘：王濛和刘惔。　②不重：看不起。　③夷甫：王衍，时名重天下。　④身：自身，我。

张吴兴[1]年八岁，亏齿，先达知其不常[2]。故戏之曰："君口中何为开狗窦[3]？"张应声答曰："正使君辈从此中出入。"

①张吴兴：即张玄之，曾任吴兴太守。　②不常：不平

常。意谓其聪明异常。　③窦：穿壁为小户也。

范玄平[①]在简文坐，谈欲屈[②]。引[③]王长史[④]曰："卿助我。"王曰："此非拔山力[⑤]所能助。"

①范玄平：范汪，字玄平，晋颍阳（在今河南许昌）人。历吏部尚书，徐、兖二州刺史。　②谈欲屈：清谈快输了。③引：拉。　④王长史：王濛。　⑤拔山力：项羽为汉兵所围，夜起歌曰："力拔山兮气盖世，时不利兮骓不逝。"

郝隆[①]为桓公[②]南蛮参军。三月三日会[③]，作诗，不能者罚酒三升。隆初以不能受罚，既饮。揽笔便作一句云："娵（jū）隅跃清池。"桓问："娵隅是何物？"答曰："蛮名鱼为娵隅。"桓公曰："作诗何以作蛮语？"隆曰："千里投公，始得蛮府参军，那得不作蛮语也？"

①郝隆：字佐治，晋涿郡（今河南汲县西南）人。　②桓公：桓温。　③会：集会。

张苍梧[①]是张凭[②]之祖。尝语凭父曰："我不如汝。"凭父未解所以。苍梧曰："汝有佳儿。"凭时年数岁，敛手曰："阿翁，讵[③]宜以子戏父。"

①张苍梧：张镇，字义远，泰安中，除苍梧太守。讨王含有功，封兴道县侯。　②张凭：字长宗，东晋吴郡（今江苏苏

州）人。官至御史中丞。　③讵：犹岂也。

王子猷诣谢万，林公先在坐，瞻瞩[①]甚高。王曰："若林公须发并全，神情当复胜此不（fǒu）？"谢曰："唇齿相须，不可以偏亡。须发何关于神明。"[②]林公意甚恶（wù），曰："七尺之躯，今日委君二贤。"

---

①瞻瞩：眼光、神情。　②"王曰"数句：王、谢二人之言讽支道林相貌丑陋。

郗司空拜北府[①]。王黄门[②]诣郗门拜云："应变将略，非其所长[③]。"骤[④]咏之不已。郗仓[⑤]谓嘉宾[⑥]曰："公今日拜，子猷言语殊不逊，深不可容。"嘉宾曰："此是陈寿[⑦]作诸葛评。人以汝家比武侯[⑧]，复何所言。"

---

①郗司空拜北府：徐州在建康之北，王舒为徐州刺史，加北中郎将。由是有北府之号。桓温以郗愔与徐兖有故义，迁愔领徐、兖二州刺史。　②王黄门：王徽之，历任黄门侍郎。　③"应变将略"二句：见《蜀志·诸葛亮传》。　④骤：数也。多次。　⑤郗仓：郗融，字景山，小字仓。郗愔之次子。早卒。　⑥嘉宾：郗超，字嘉宾，郗愔长子。　⑦陈寿：字承祚，晋安汉（今四川南充北）人。少举孝廉，除著作郎。撰《三国志》，时人称其善叙事，有良史之才。　⑧武侯：诸葛亮死后谥忠武侯。

刘遵祖[1]少为殷中军[2]所知[3]，称之于庾公[4]。庾公甚忻[5]然，便取为佐。既见，坐之独榻上与语。刘尔日殊不称，庾小失望，遂名之为“羊公[6]鹤”。昔羊叔子有鹤善舞，尝向客称之。客试使驱来，氃氋[7]而不肯舞，故称比之。

①刘遵祖：刘爰之，字遵祖，晋沛郡（治在今安徽濉溪西北）人。历中书郎、宣城太守。 ②殷中军：殷浩。 ③知：赏识。 ④庾公：庾亮。 ⑤忻（xīn）：同“欣”。 ⑥羊公：即羊祜。 ⑦氃氋（tóng méng）：散毛貌。

顾长康[1]啖甘蔗，先食尾。人问所以？云：“渐至佳境。”

①顾长康：顾恺之。

桓南郡[1]与殷荆州[2]语次，因共作了语[3]。顾恺之曰：“火烧平原无遗燎。”桓曰：“白布缠棺竖旒（liú）旐（zhào）。”殷曰：“投鱼深渊放飞鸟。”次[4]复作危语[5]。桓曰：“矛头淅（xī）[6]米剑头炊。”殷曰：“百岁老翁攀枯枝。”顾曰：“井上辘轳卧婴儿。”殷有一参军在坐，云：“盲人骑瞎马，夜半临深池。”殷曰：“咄咄[7]逼人。”仲堪眇[8]目故也。

①桓南郡：桓玄。 ②殷荆州：殷仲堪。 ③了语：表

示事情完结的话语。　④次：接着。　⑤危语：叙述危险事情的话语。　⑥淅：汰米。　⑦咄咄：惊怪声。　⑧眇（miǎo）：一只眼瞎。

祖广①行②恒③缩头。诣桓南郡，始下车。桓曰："天甚晴朗，祖参军如从屋漏中来。"

---

①祖广：字渊度，晋范阳（治在今河北涿州）人。仕至护军长史。　②行：走路的时候。　③恒：常常。

轻诋第二十六

深公①云：“人谓‘庾元规②名士’，胸中柴棘三斗许。”

---

①深公：僧法深，不知其俗姓。　②庾元规：庾亮。

袁虎①、伏滔②同在桓公府。桓公每游燕，辄命袁、伏，袁甚耻之。恒叹曰：“公之厚意，未足以荣国士。与伏滔比肩，亦何辱如之？”

---

①袁虎：袁宏，字彦伯，小字虎，晋陈郡人。初为谢安南司马，后自吏部郎出为东阳郡。　②伏滔：字玄度，平昌（今属山东）人。为桓温参军，领大著作，掌国史。

孙长乐兄弟①就谢公宿，言至款杂②。刘夫人③在壁后听之，具闻其语。谢公明日还，问“昨客何似？”刘对曰：“亡兄门未有如此宾客。”谢深有愧色。

---

①孙长乐兄弟：孙绰与其兄孙统。　②款杂：空乏芜杂。③刘夫人：刘惔之妹。

孙长乐作王长史[1]诔（lěi）云："余与夫子，交非势利，心犹澄水。同此玄味。"王孝伯[2]见曰："才士不逊[3]，亡祖何至与此人周旋！"

---

①王长史：王濛。　　②王孝伯：王恭。王濛之孙。③逊：谦逊。

人问顾长康[1]："何以不作洛生咏？"答曰："何至作老婢声[2]。"

---

①顾长康：顾恺之。　　②老婢声：洛下书生咏音重浊，声如老婢。谢安能作洛生咏，此有不屑之意。

支道林入东，见王子猷兄弟[1]。还，人问"见诸王何如？"答曰："见一群白颈乌[2]，但闻唤哑哑声。"

---

①王子猷兄弟：王徽之兄弟，即王羲之的几个儿子。②白颈乌：旧说王氏兄弟多服白领，故作此喻。

假谲(jué)第二十七

魏武[①]行役，失汲道，军皆渴。乃令曰：“前有大梅林，饶子，甘酸，可以解渴。”士卒闻之，口皆出水，乘此得及前源。

①魏武：曹操。

魏武常言：“人欲危[①]己，己辄心动。”因语所亲小人曰：“汝怀刃密来我侧，我必说‘心动，执汝使行刑。’汝但[②]勿言其使[③]，无他[④]，当厚相报。”执者信焉，不以为惧，遂斩之。此人至死不知也，左右以为实，谋逆者挫气矣。

①危：伤害。　②但：只要。　③勿言其使：不要说出是谁指使的。　④无他：没有别的，即没危险。

魏武常云：“我眠中不可妄近。近便斫人，亦不自觉，左右宜深慎此。”后阳[①]眠，所幸[②]一人窃以被覆之，因便斫杀。自尔每眠，左右莫敢近者。

①阳：通“佯”，假装。　②幸：宠爱。

王右军年减[1]十岁时，大将军[2]甚爱之，恒置帐中眠。大将军尝先出，右军犹未起。须臾，钱凤[3]入，屏（bǐng）人论事，都忘右军在帐中，便言逆节之谋。右军觉[4]，既闻所论，知无活理，乃剔吐污头面被褥，诈孰[5]眠。敦论事造半，方忆右军未起，相与大惊曰：“不得不除之。”及开帐，乃见吐唾纵横，信其实孰眠，于是得全。于时称其有智。

---

①减：不到。　②大将军：王敦。　③钱凤：字世仪。王敦之铠曹参军。　④觉：醒。　⑤孰：通“熟”。

黜免第二十八

诸葛厷在西朝①，少有清誉。为王夷甫所重，时论亦以拟王②。后为继母族党所谗，诬之为狂逆。将远徙，友人王夷甫之徒，诣槛车与别。厷问“朝廷何以徙我？”王曰：“言卿狂逆。”厷曰：“逆则应杀，狂何所徙？”

①西朝：晋自武帝至愍帝都洛阳，在建康之西北。故称西朝。　②拟王：把他比作王衍。

桓公入蜀，至三峡①中，部伍中有得猿子者，其母缘岸哀号（háo），行百余里不去。遂跳上船，至便即绝。破视其腹中，肠皆寸寸断。公闻之②怒，命黜（chù）其人。

①三峡：瞿塘峡、巫峡、西陵峡。　②之：代词，这件事。

桓宣武既废太宰父子①，仍上表曰：“应割近情，以存远计。若除太宰父子，可无后忧。”简文手答表曰：“所不忍言，况过于言。”宣武又重（chóng）表，辞转苦切。简文更答曰："若晋室灵②长，明公便宜奉行此诏。如大运去矣，请避贤路。"桓公读诏，手战流汗，于此乃止。太宰父子远徙新安③。

①太宰父子：晋司马晞，字道升，元帝第四子。封武陵王，拜太宰。晞三子，综、璒、遵。　②灵：福也。　③新安：郡名。故城在今浙江淳安县西。

殷仲文①既素有名望。自谓"必当阿衡②朝政"。忽作东阳③太守，意甚不平。及之郡，至富阳④。慨然叹曰："看此山川形势，当复出一孙伯符⑤。"

①殷仲文：晋陈郡人。荆州刺史殷仲堪之从弟也。初由会（kuài）稽王道子引为骠骑参军，后为桓玄咨议参军，累迁侍中、尚书。　②阿衡：阿，倚也。衡，平也。汤倚伊尹而取平，故以为官名。　③东阳：晋郡名，即今浙江之金华。　④富阳：县名，汉为富春县，即今浙江之富阳县。　⑤孙伯符：孙策，字伯符。汉末，领其父孙坚之兵，据江东之地。

俭啬第二十九

王戎有好李。卖之，恐人得其种，恒钻（zuàn）其核。

王戎女适[①]裴頠，贷[②]钱数万。女归，戎色不说[③]。女遽（jù）还钱，乃释然。

---

①适：嫁与。　　②贷：借。王戎女儿向父亲借钱。　　③说（yuè）：通“悦”。

卫江州[①]在寻阳[②]，有知旧人投之，都不料理，唯饷王不留行[③]一斤。此人得饷，即命驾[④]。李弘范[⑤]闻之曰：“家舅刻薄，乃复驱使草木。”

---

①卫江州：卫展，字道舒，晋安邑（今山西运城东北）人。惠帝光熙初，除鹰扬将军、江州刺史。　　②寻阳：晋惠帝元康元年，割扬州之七郡、荆州之三郡，合十郡。因江水之名，而置江州。永兴元年，又分庐江之寻阳县、武昌之柴桑县，置寻阳郡。属江州。　　③王不留行：药名。茎高二尺许，叶如箭镞形。春夏间开淡红色之花。萼为筒状。子如豆，熟则黑。治金

疮，除风，久服之轻身。　④命驾：动身离去。　⑤李弘范：梁刘孝标云：李轨，字弘范，刘氏之甥。此应弘度非弘范也。

郗公①大聚敛，有钱数千万。嘉宾②意甚不同。常③朝（zhāo）旦问讯，郗家法：子弟不坐。因倚语移时④，遂及财货事。郗公曰："汝正当欲得吾钱耳！"乃开库一日，令任意用。郗公始正谓损数百万许。嘉宾遂一日乞与亲友周旋略尽。郗公闻之，惊怪不能已已。

---

①郗公：郗愔。　②嘉宾：郗超，郗愔子。　③常：通"尝"，曾经。　④倚语移时：站着说了很久的话。

汰侈第三十

武帝尝降（jiàng）王武子家。武子供馔，并用琉璃①器。婢子百余人，皆绫罗绔②褶③，以手擎④饮食。蒸㹠⑤肥美，异于常味。帝怪而问之。答曰："以人乳饮⑥㹠。"帝甚不平，食未毕，便去。王⑦、石⑧所未知作⑨。

①琉璃：大秦出赤白黑黄青绿缥绀各色琉璃。　②绔：同"裤"。　③褶（luó）：妇人上衣也。　④擎：举也。　⑤㹠（tún）：本作豚，豕也。　⑥饮（yìn）：喂。　⑦王：晋王恺，字君夫，东海人。王肃子也。　⑧石：石崇。王恺、石崇均为奢靡之人。　⑨作：制作。

王君夫有牛名八百里驳①，常莹②其蹄角。王武子语君夫："我射不如卿，今指赌卿牛，以千万对之。"君夫既恃手快，且谓骏物无有杀理，便相然可。令武子先射，武子一起便破的。却据胡床，叱左右。"速探牛心来！"须臾，炙至，一脔③便去。

①驳（bó）：猛兽名，状如马，能食虎豹。古同"驳"。

②莹：治也。　　③脔：块切肉也。

石崇与王恺争豪，并穷绮丽，以饰舆服。武帝，恺之甥也。每助恺，尝以一珊瑚树[1]，高二尺许赐恺。枝柯扶疏[2]，世罕其比。恺以示崇，崇视讫，以铁如意击之，应手而碎。恺既惋惜，又以为疾己之宝，声色甚厉。崇曰："不足恨，今还卿。"乃命左右悉取珊瑚树，有三尺四尺。条干（gàn）绝世，光彩溢目者六七枚，如恺许比甚众。恺惘然[3]自失。

---

①珊瑚树：暖海中有一种圆筒形小虫，结合营生。其所分泌之石灰质，即为其共同之骨干。形歧出如树枝，故昔称珊瑚树，实非树也。每产于非洲西北及地中海等处。　　②扶疏：繁茂也。　　③惘然：失意貌。

忿狷第三十一

魏武有一妓，声最清高，而情性酷恶。欲杀则爱才，欲置则不堪。于是选百人，一时俱教。少时，果①有一人声及②之③，便杀恶性者。

---

①果：一本作“还”。　②及：赶上。　③之：代词，指代那个坏脾气的歌妓。

王蓝田①性急。尝食鸡子②，以箸刺之不得，便大怒。举以掷地，鸡子于地圆转未止。仍下地以屐齿蹍（zhǎn）之，又不得，瞋甚，复于地取内③口中，啮（niè）破即吐之。王右军闻而大笑曰：“使④安期⑤有此性，犹当无一豪可论。况蓝田邪？”

---

①王蓝田：王述，袭爵蓝田侯。　②鸡子：鸡蛋。　③内（nà）：同“纳”。　④使：假使。　⑤安期：王承，王述之父。

谢无奕性粗强，以事不相得，自往数①王蓝田，肆言极骂。王正色面壁不敢动，半日，谢去良久，转头问左右小吏曰：“去未？”答云：“已去。”然后复坐。时人叹其性急而能有所容。

①数（shǔ）：责也。

桓南郡[①]小儿时，与诸从兄弟各养鹅共斗。南郡鹅每不如，甚以为忿。乃夜往鹅栏间，取诸兄弟鹅悉杀之。既晓，家人咸以惊骇。云是变怪。以白[②]车骑[③]，车骑曰：“无所致怪，当是南郡戏[④]耳。”问果如之。

①桓南郡：桓玄。　②白：告诉。　③车骑：桓冲，桓玄叔父。　④戏：恶作剧。

谗险第三十二

孝武[①]甚亲敬王国宝[②]、王雅[③]。雅荐王珣于帝，帝欲见之。尝夜与国宝及雅相对，帝微有酒色，令唤珣，垂至，已闻卒传声[④]。国宝自知才出珣下，恐倾夺其宠。因曰："王珣当今名流，陛下不宜有酒色见之，自可别诏召之。"帝然其言，心以为忠，遂不见珣。

①孝武：东晋孝武司马曜。　②王国宝：平北将军王坦之之第三子。太傅谢安之婿。晋安帝时，参管朝权，威震内外。迁尚书左仆射。　③王雅：字茂建，东海（今属山东）人。以宠幸，由侍中超授太傅、尚书左仆射。　④卒传声：士卒传报之声。

王绪[①]数谗殷荆州于王国宝。殷甚患之，求术于王东亭[②]。曰："卿但[③]数诣王绪。往辄屏人[④]，因论它事。如此，则二王之好离矣。"殷从之。国宝见王绪，问曰："比与仲堪屏人何所道？"绪云："故是常往来，无它所论。"国宝谓绪于己有隐，果情好日疏，谗言以息。

①王绪：字仲业，晋太原人。为会（kuài）稽王从事中郎，以佞邪亲幸。国宝由绪获进。　②王东亭：王珣。　③但：只要。　④屏人：令人回避。

尤悔第三十三

魏文帝忌弟任城王[①]骁[②]壮。因在卞太后[③]阁（gé）共围棋，并啖枣，文帝以毒置诸枣蒂中，自选可食者而进。王弗悟，遂杂进之。既中毒，太后索水救之。帝预敕左右毁瓶罐，太后徒跣趋井，无以汲。须臾，遂卒。复欲害东阿[④]，太后曰："汝已杀我任城，不得复杀我东阿。"

①任城王：魏任城威王彰，字子文，太祖、卞太后第二子。 ②骁：勇捷也。 ③卞太后：武宣卞皇后，琅邪人。有母仪德行。 ④东阿：即曹植。

王大将军[①]起事，丞相[②]兄弟诣阙谢。周侯[③]深忧诸王，始入，甚有忧色。丞相呼周侯曰："百口委卿[④]。"周直过不应，既入，苦相存救。既释，周大说（yuè），饮酒。及出，诸王故在门。周曰："今年杀诸贼奴，当取金印如斗大，系肘[⑤]后。"大将军至石头[⑥]，问丞相曰："周侯可为三公不（fǒu）？"丞相不答。又问："可为尚书令不？"又不应。因云："如此，唯当杀之耳。"复默然。逮周侯被害，丞相后知周侯救己。叹曰："我不杀周侯，周侯由我而死。幽冥中负此人。”

---

①王大将军：王敦。　②丞相：王导，为敦从弟。王敦反，刘隗劝元帝诛灭王氏。　③周侯：周顗，字伯仁。④百口委卿：全家性命交付于你。　⑤肘：臂中部弯曲处，其外侧曰肘。　⑥石头：石头城，故址在今江苏南京西。

王导、温峤俱见明帝，帝问温“前世所以得天下之由？”温未答。顷，王曰：“温峤年少未谙（ān），臣为陛下陈之。”王乃具叙宣王[①]创业之始，诛夷名族，宠树同己。及文王[②]之末，高贵乡公[③]事。明帝闻之，复面着床，曰：“若如公言，祚[④]安得长！”

---

①宣王：司马懿。　②文王：司马昭。　③高贵乡公：254年司马师立高贵乡公曹髦为帝。后司马炎逼魏帝禅位。④祚（zuò）：建置社稷。

庾公欲起[①]周子南[②]，子南执辞愈固。庾每诣周，庾从南门入，周从后门出。庾尝一往奄[③]至，周不及去，相对终日，庾从周索食。周出蔬食，庾亦强饭极欢。并语世故，约相推引，同佐世之任。既仕，至将军二千石（dàn），而不称意。中宵慨然曰：“大丈夫乃为庾元规所卖。”一叹遂发背[④]而卒。

---

①起：任用、起用。　②周子南：周邵，字子南，与南阳

翟汤隐于庐山。庾亮拔为镇蛮护军、西阳太守。　③奄：忽也。　④发背：背疮迸裂。

桓公卧语曰："作此寂寂[1]，将为文、景[2]所笑。"既而屈起坐曰："既不能沵[3]芳后世，亦不足复遗臭万载邪？"

---

①寂寂：静貌。　②文、景：晋文帝司马昭与晋景帝司马师。　③沵：古"流"字。

简文见田稻不识，问是何草？左右答是稻。简文还，三日不出。云："宁有赖其末[1]而不识其本。"

---

①赖其末：依靠它的末梢生活。

纰漏第三十四

元皇[1]初见贺司空[2]，言及吴时[3]事。问："孙皓[4]烧锯，截一贺头[5]，是谁？"司空未得言，元皇自忆曰："是贺邵[6]。"司空流涕曰："臣父遭遇无道，创巨痛深，无以仰答明诏。"元皇愧惭，三日不出。

---

①元皇：晋元帝司马睿。　②贺司空：贺循，贺邵子，官至太常，领太子太傅，卒赠司空。　③吴时：三国吴的时候。④孙皓：三国吴最后一位君主。　⑤贺头：一个姓贺的人的头。　⑥贺邵：即贺循之父。

殷仲堪父[1]病虚悸。闻床下蚁动，谓是牛斗。孝武不知是殷公，问仲堪："有一殷病如此不（fǒu）？"仲堪流涕而起曰："臣进退维谷[2]。"

---

①殷仲堪父：殷师，字师子。仕至骠骑咨议。即仲堪之父。②进退维谷：《诗经·大雅·桑柔》第九章云："人亦有言，进退维谷。"毛公注曰："谷：穷也。"

惑溺第三十五

贾公闾[①]后妻郭氏酷妒。有男儿名黎民，生载周[②]。充自外还，乳母抱儿在中庭。儿见充喜踊[③]，充就乳母手中呜[④]之。郭遥望见，谓充爱乳母，即杀之。儿悲思啼泣，不饮它乳，遂死。郭后终无子。

---

①贾公闾：即贾充。字公闾。　②载周：才周岁。　③踊：跳跃。　④呜：吻。

孙秀[①]降晋，晋武帝厚存宠之，妻[②]以姨妹蒯氏[③]，室家甚笃。妻尝妒，乃骂秀为“貉[④]子”。秀大不平，遂不复入。蒯氏大自悔责，请救于帝。时大赦，群臣咸见。既出，帝独留秀。从容谓曰：“天下旷荡[⑤]，蒯夫人可得从其例不（fǒu）？”秀免冠而谢[⑥]，遂为夫妇如初。

---

①孙秀：字彦才，吴郡（今江苏苏州）人。武帝以为骠骑将军、交州牧。　②妻：作动词，嫁。　③蒯（kuǎi）氏：襄阳（今湖北襄阳）人。南阳太守蒯钧之女。　④貉（hé）：本作“貈”，似狐善睡。其子名貆。晋时中原士族以此呼吴人，有

轻蔑之意。　⑤旷荡：旷，宽大也。荡，排荡去秽垢也。　⑥谢：谢罪。

王安丰[1]妇常卿[2]安丰。安丰曰："妇人卿婿，于礼为不敬，后勿复尔。"妇曰："亲卿爱卿，是以卿卿。我不卿卿，谁当卿卿？"遂恒听之。

①王安丰：王戎。　②卿：动词，称呼……为卿。

王丞相[1]有幸妾姓雷，颇预[2]政事，纳货[3]。蔡公[4]谓之"雷尚书"[5]。

①王丞相：王导。　②预：干预。　③纳货：收受贿赂。　④蔡公：蔡谟。　⑤尚书：官名。此为蔡谟讥讽王导之妾干预政事之语。

仇隙第三十六

孙秀既恨石崇不与绿珠[1]，又憾潘岳昔遇之不以礼[2]。后秀为中书令，岳省内见之。因唤曰："孙令忆畴昔周旋不（fǒu）？"秀曰："中心藏之，何日忘之[3]。"岳于是始知必不免。后收石崇、欧阳坚石[4]，同日收岳。石先送市，亦不相知。潘后至，石谓潘曰："安仁，卿亦复尔邪？"潘曰："可谓'白首同所归'。"潘《金谷集》诗云："投分（fèn）寄石友，白首同所归。"乃成其谶[5]。

---

①"孙秀"句：石崇有妓人绿珠，美而工笛。孙秀使人求之，崇不许。 ②潘岳昔遇之不以礼：岳父文德为琅邪太守，孙秀为小吏给使。岳数蹴蹋秀，而不以人遇之。 ③"中心藏之"二句：出自《诗经·小雅·隰桑》，此为孙秀借用，表示不忘旧日受辱之恨。 ④欧阳坚石：欧阳建，字坚石，渤海（今河北南皮东北）人。为冯翊太守。 ⑤谶（chèn）：前定征兆之言也。

刘玙兄弟[1]少时为王恺所憎。尝召二人宿，欲默除之。令作阬[2]，阬毕，垂加害矣。石崇素与玙、琨善，闻就恺宿，知当有变。便夜往诣恺，问二刘所在。恺卒迫不得讳，答云："在后齐[3]中眠。"石便径入，自牵出，同车而去。语曰："少年，何以轻就人宿。"

①刘玙兄弟：刘玙，《晋书》作刘舆，字庆孙，太尉刘琨之兄。为东海王司马越左长史。 ②阬：同"坑"。 ③齐：与"斋"同。

王右军素轻蓝田[1]。蓝田晚节论誉转重，右军尤不平。蓝田于会（kuài）稽丁艰[2]，停山阴治丧。右军代为郡，屡言出吊，连日不果。后诣门自通，主人既哭，不前[3]而去，以陵辱之。于是彼此嫌隙大构。后蓝田临扬州[4]，右军尚在郡。初得消息，遣一参军诣朝廷，求分会稽为越州[5]。使人受意失旨，大为时贤所笑。蓝田密令从事数[6]其郡诸不法，以先有隙，令自为其宜[7]。右军遂称疾去郡，以愤慨至终。

①蓝田：王述。 ②丁艰：王述为会稽内史时，丁母忧去职。 ③不前：吊丧时不上前慰问丧主。 ④蓝田临扬州：述服阕，代殷浩为扬州刺史。 ⑤越州：当时未置越州，至隋始以会稽郡置越州。 ⑥数（shǔ）：列举罪状。 ⑦令自为其宜：令王羲之自行做出适当处置。